# 苏怀童话作品集

# 老鼠的婚礼

【越】苏怀 Tô Hoài 著

【越】谢辉龙 Ta Huy Long 绘　林漪娜 译

团结出版社

# 读苏怀的作品，走进"自己的内心世界"

阮瑞英 博士

像我一样出生在20世纪70年代的人，成长靠的是秕谷饭、薏米，以及计划经济时期统一分发的挂面等，但更重要的是靠来自各大作家的精神食粮，作家苏怀就是其中的一位。

现在回想起来，当时如果没那么幸运，没有这些儿时的书籍，我的生活不知会变成怎样一幅景象！在寒冬腊月那些阴郁的日子里，坐在家里读书，感觉自己仿佛来到了一个充满奇花异草、蟋蟀、螳螂、螟蝗、蚱蜢的世界。时至今日，儿时的记忆里仍回响着那个时代乡亲们的谈笑声、脚步声、争吵声……

我仍清楚地记得翻开那些书籍时的感受和萦绕在耳边的翻书声，尽管那些书因被太多人传阅而破旧不堪。总的来说，那是属于一个爱思考的少年的孤单心事。现在才悠悠地回想起那些在书中读过的景象，那是属于儿时的我深藏于心，秘密而又充满幻想的快乐。然而它们并非只属于我一人，后来我一边饶有兴趣，一边大失所望地发现，有很多人和我一样，将故事中记住的细节误认为是留存在自己记忆中的事。不知为何，它们深深地印在了脑海里。一字一句，工工整整地印在脑中，没有任何复杂的成分，却不知为何熟悉又陌生，令人魂牵梦萦。一位"骄傲"的螳螂勇士；一位毛发"脏得像沾了一身草木灰"的衣衫褴楼的猫先生；一位喜欢"爱抚妻子"、专心筑巢的文鸟大哥；一位喜欢"站在家门口"的麻雀大哥；那些沉迷在钟爱"声泪俱下"中的歌妓……又或者还有，我一直记得的《年轻夫妇》中邂逅的"福伯"，又或者是《荒岛》中上山摘野菜，用黄精叶"炖叶子"直到"叶子炖得烂熟，用手指一摁就断"的小蒙……这些很久以前距离我们遥远无比的生活，经作家的手笔热烈地沁入读者的心，悄悄地在读者心中搭建起展现越南文化的精致、牢固的布景。因为在我看来，越南文化的精致不仅体现在像古街一般整齐、庄重、规范的地方，还体现在错杂、淳朴、亲切的乡村地区。

在所有读过的书中，单就童话来说，苏怀的童话绘声绘色，刻画的形象清晰明了，以准确、有趣、俏皮的文笔，在感官上赋予了草木、动物以生动的形象。苏怀的作品只需读过，还未在教学中分析细品，就可以激发孩子们对这个世界的热情和迷恋。因为在苏怀的作品中，十分吸引人的地方在于它令人印象深刻，忍不住去思考、联想，有时候又令人忍俊不禁，而孩子们又有大量的时间来独自思考或是与朋友一起享受作品带来的这份快乐。

苏怀的作品似乎并不是为特定的对象而写，不但孩子们可以阅读，大人读起来也能从自身的理解、亲身的经历中体会到其中的奥义和凝思。记得有一次，我的一位俄国朋友沉迷于向另一位外国朋友讲述《Mister Man》的故事。问清楚后才知道那是20世纪60年代出版的俄语版《蟋蟀冒险记》中的"蟋蟀先生"。有趣的是，我对"蟋蟀先生"的认识和我朋友对它的认识完全不一样，因为每个人的出身、生长环境和生活阅历不一样。唯一相同的一点在于，我们都津津有味而又弥足珍贵地感受着蟋蟀先生和它身边的其他角色。读苏怀的作品，每个人都会进入到一个世界，不是苏怀先生的世界，而是我们每个人自己的世界。

现在，我与年少的那段时光早已相去甚远，但我仍会时不时地翻出苏怀的作品，重回我那有着荆棘、鹊肾树的温情的童年时光。正因如此，我常常问自己，现在的孩子们还看苏怀的作品吗？

实际上，现在的孩子们处在一个全新的、快速发展的世界，有着他们这一代人自己的性格特征，已经不需要关注苏怀笔下的世界。他们很少有人喜欢静下心来，细细思考；很少有人喜欢像从前一样独自一个人捧着书本，沉浸在书中那些蟋蟀、昆虫的想象中。但是，如果有一条引导他们进入童话世界的道路，那么他们也有机会被苏怀奇趣的童话世界所征服。

一些小朋友告诉我："我讨厌学《蟋蟀冒险记》这篇课文！如果它不是课文的话我会很喜欢。"

看来，他们正群起抵触强制性阅读。或许他们不需要那些用枯燥字句总结的课文，而是需要跟随文章内容随心感受；或许他们不需要列出并解释作品里的生词表，而是需要运用所有感官来感受字句中的闪光点。若是在以前，老师讲课时会直接讲解，而现在，孩子们需要的是启迪。苏怀的作品也可以认为是一种"启发式"的阅读方式，邀请孩子们进入一个全新的世界，并像平稳、牢固的楼梯一样引导他们走向新的感触和认识。在和少年儿童一起参加读书会时，我们常常会让他们了解作家关于故事情节的用词和写法，通过一些小作业来激发他们尝试"品味"作者的一些用词，而孩子们往往也很喜欢提出自己的见解。

当我再一次明白，每个人心中的"蟋蟀先生"都是不一样的，每个人形容的老鼠、昆虫豸、树木……也是不一样的时候，我也再一次明白，在苏怀笔下，我们打开了自己内心世界的大门，而不是步入作家的世界。

在读书中找到自我；在读书中找到自己和作家之间，以及自己和生活之间的联系；在读书中懂得站在自己的立场上去品味，去爱恨，这样读书才是真正的读书，而能够让读者做到以上这些的作家，苏怀便是其中一位。

（本文作者为越南著名作家、翻译家）

# 目 录

# 老鼠的婚礼

（根据《老鼠年画》故事编写）

有一只鼹鼠，他很年轻，但是他长得却一点都不好看。尽管其他老鼠常常说一些唾弃、嘲笑鼹鼠的话，但我仍然很敬重他并且要把他介绍给小朋友们。

"他像猫头鹰一样脏。"

"他的脖子上有三条大大的伤疤。"

"他的胡须可稀疏了！而且每一根胡子都断了一半，这是为什么呢？"

"他的尾巴也断掉了一截！"

"这只鼹鼠可狡猾了，从他贼溜溜的眼神里你就能看出来了。"

"那还用说！"

"孩子啊！天下人都说出门不要和鼹鼠打交道，看到他就要远远地走开。"

但是世间有很多流言蜚语，大家的评论不能全信，因为在这个世界上，有好人，也有坏人，有人说好，也有人说不好，鱼龙混杂，谁都不要急着讨厌鼹鼠，也不要再说他的坏话。任何一位老鼠母亲都不要急着阻止自己的小孩和鼹鼠玩，因为要亲眼看到，才能下结论。任何一句无心的玩笑话，都可能会伤及他人，因此，不应该只听上面那些毁谤就冒失地鄙视鼹鼠。

　　那么鼹鼠真的是传言中说的那种品行不好的人吗?

　　事实上,在邻居和我的眼里,鼹鼠的眉目并不比别人好看,他的身子还没我们一根手指长,四条腿像四根短撅撅的小竹签,嘴巴尖尖的,两排胡子直挺挺地伸向两边。鼹鼠的眼睛很小,但是向外凸出,总是喜欢挤眉弄眼,因此人们才认为鼹鼠的性子狡猾。

　　这可真是冤枉了鼹鼠,他没有什么毛病却被扣上了莫须有的坏名声。他原本只是长得丑,却被所有人认为是品行不好,真是胡来!

　　鼹鼠并不是品行不好,鼹鼠是一位秀才,秀才是不可能有什么劣迹的。鼹鼠还会教书挣钱,可以说是一位非常好的秀才。

　　从呱呱坠地起,鼹鼠只留在爸爸妈妈身边一小段时间,就被送到远方念书

了，那个地方离家有好几块大田的距离呢！

　　槟榔个虽小，

　　其壳却精巧。

　　今日君身旁，

　　明日君远方。

　　鼹鼠学习很刻苦，沉郁的性格也使他天生专注好学。因为年纪小，学业又紧，学习就像一日三餐一样重要，所以，鼹鼠一般在老师家里吃过饭就马上继续学习了。

　　鼹鼠一心扑在学习上，上完一节课就马不停蹄地上下一节课，因为大约再过一年他就要考试了。鼠爸爸和鼠妈妈在老家暗暗为儿子感到高兴。

槟榔个虽小，

其壳却精巧。

今日君身旁，

明日君远方。

功劳在父母。

孩子上学的学费、生活费，全靠父母供给，这是多大的功劳啊！鼹鼠啃了一颗稻谷，想到这是父母在寒冬腊月里辛苦来回一颗一颗收集起来的，不禁难以下咽，他学得更起劲了。

不知不觉考试的日子就到了，全国各地来参加考试的考生超过三百个。千军万马过独木桥，踩到香蕉皮都能跌倒一大半，所以说，考试有时也得看运气。

到了公布成绩的日子了，鼹鼠的名字赫然排在第三。说鼹鼠是神童的言论更是传遍了周边大大小小几片田地，谁听到了都啧啧地称赞。以前那些对鼹鼠嗤之以鼻、冷嘲热讽的人，现在却觍着脸来巴结，纷纷让家里的小孩们以鼹鼠为学习的榜样。

"鼹鼠看起来可不就是温文尔雅的嘛！"

"鼹鼠学习可好了，你看他眼神里都闪烁着知识的光芒呢！"

"他的胡子那么长，眼睛炯炯有神，一看就是聪明非凡的老鼠。"

"阁下您看啊，鼹鼠的品行可好了，看他彬彬有礼的样子就知道了。"

"那还用说嘛！这个世界上最机灵的就是鼹鼠了。"

"孩子啊，你得学学呀！你就该找像鼹鼠这样优秀的人做朋友。"

罢了，现在谁都把鼹鼠往天上夸。


家里，鼠爸爸鼠妈妈听说儿子考上了举人，松了一大口气。到家里来祝贺的亲戚们熙熙攘攘挤满了屋子。一开始，一些喜欢阿谀奉承的人都对鼠爸爸和鼠妈妈说："您二位真是厉害，生出了个新科举人啊！"鼠爸爸得意地舒展开胡须，竖起尖尖的耳朵听大家交谈。

亲戚们称赞道：

"二位大人好，多亏了您家的举人啊，从今往后我们村可就是有名望的了！"

"何止我们村啊，应该说给整个地区都长脸了！您看看我们这一片，以前哪有人像二位大人家里的举人一样考到那么高的成绩啊？"

"真是太有面子了。"

"应该大摆一席庆功宴。"

"您说错啦，应该等举人荣归故里祭拜祖宗后再摆庆功宴嘛。我们村自古以来，直到今天才出这么一件盛名鼎鼎的喜事，怎么能不让所有的人都知道呢？"

"您说得太对了，两位大人请昭告天下吧。"

"两位大人功

不可没啊。"

鼠爸爸眯起双眼，摇头晃脑地说：

"好，好！无论如何我们都得去迎接咱们的举人衣锦还乡。这肯定是应该的，对吧夫人？"

鼠妈妈微笑着回答：

"对，应该的。"

大家异口同声地叫起来：

"应该的！"

"应该的！"

于是鼠爸爸和鼠妈妈就开始料理起迎接鼹鼠举人还乡的事。他们通知了整片田地的老鼠们说鼹鼠过几天回来，等着乡亲们来迎接见面。

得知这个消息后，鼹鼠开心得不

得了，就像当初听到自己中举的消息从螺号声中传来一样，既开心又得意。

听到父母通知乡亲们来迎接自己回乡的消息后，鼹鼠脑海里已经浮现出豪华的大轿子和一双双热情地伸向自己的手。自己威风凛凛地在轿子上坐着，两只手叠放在双腿上，表情很严肃，但其实双眼却在四处打量。路两旁则是无数的乡亲们前来迎接、看望他的情景，热闹极了！

鼹鼠赶忙收拾，添置好衣物和行李，满心期待地等着父母和乡亲们迎接自己回乡的日子一天天到来。

在同一时期，有只恶猫正在这一带称雄称霸，他走到哪里，哪里就要出岔子。这只恶猫的底细没人了解，只依稀听说以前他是被人养在家里的，和黑狗、黄狗生活在一起。但是这只恶猫生性恶毒，跟谁相处都喜欢耍赖背叛，久而久之大家都十分讨厌他。上到家里的主人，下到刚会睁眼的小狗崽，谁都不喜欢他并且疏远他，猫知道自己在这个家待不下去了，于是搬到了田里，成了野猫。人们常说的"老猫变狐狸"就是这么来的。

恶猫离开了家，来到了鼹鼠家所在的那片田地。老鼠怕猫，那是固然的，但也会有一些善良温和的猫，唯独这只猫，太恶毒了，捉到谁就会把谁抹脖子杀死，在他手下冤死的老鼠数都数不清，大家都非常痛恨这只恶猫。恶猫也知道老鼠们恨他，但老鼠们越是恨他，他就越是嚣张刁难。

鼠族里一些深藏才识的老辈会作词来讥讽那只恶猫，故意让孩子们唱出来惹怒他。

"恶猫你爬上槟榔树，

问我们老鼠去了何处。

我们上街买盐买醋，

祭祀你祖宗和父母。"

恶猫常常听到遥远的树丛中隐隐约约传来这些歌声，但是又没法确定是从哪儿传出来的，只好气呼呼地坐在那儿大吼。

凶狠的恶猫听说鼹鼠父母将要迎接儿子还乡的消息，不禁窃喜，心想马上就能大赚一笔了。无论如何鼹鼠家都得向恶猫缴纳一大笔供礼，否则到时候恶猫就要搞破坏了。恶猫气势汹汹地来到鼹鼠家门口，此时鼹鼠一家正在吃饭，大家你一言我一语地商量着把迎接鼹鼠举人还乡的日子定在哪一天好。这时突然听到恶猫大叫一声"喵"，清晰而震耳欲聋。

整个屋子立刻寂静无声，接着几根胡须，几个鼻子探出洞口来，又立马缩回去了。恶猫吆喝道：

"有人在家吗？"

一个颤抖的声音回答：

"启禀大人……有……"

鼠爸爸慢慢靠近洞口,向外喊道:

"请问您找我们有何贵干?"

恶猫瞪着眼说:

"还能有什么事!"

"启禀大人,小的不知道。"

"不知道?信不信我现在就把你们一窝端了!舌头不想要了是吗?"

"是,是,小的知道了。小的让犬子回来祭祖,原打算今天下午登门将这件喜事禀报大人的。"

"东西都备齐了吗?"

"已经备齐了,您请先回,我们稍后拜访您。"

当天下午,鼹鼠一家带着丰厚的供礼前去供奉恶猫,恶猫这才同意让他们顺利地进行迎接仪式。给恶猫的进贡仪式也像给鼹鼠的迎接仪式一样隆重,

老鼠们还将当时的场面画了下来，并把图画保存起来留给后代。一只老鼠当头吹号，另一只老鼠背着铜鼓跟在后面，一边前进，一边还时不时地举起双手有节奏地打鼓；还有一只老鼠吃力地提着两条大旗鱼（后来有人看到这幅画时误认为是鲤鱼）。接着是一只中年老鼠，嘴边的胡子很长，穿着一身深色纱衣和丝绸裤子走在后面。

一行人来到恶猫家里的时候，他正喝得醉醺醺的，收下那两条旗鱼就立马用来下酒了。一群老鼠点头哈腰，低眉顺耳地拜谢恶猫后就赶紧开溜了。出了恶猫家的门，老鼠们像是害怕恶猫趁机追出来把他们抓来下酒一样，一个个五步并作三步快速地跑了。给恶猫进贡的事就这么结束了。

到了选定的良辰吉日，所有老鼠都熙熙攘攘地前去迎接鼹鼠这位新科举人，刚过晌午迎接的队伍就排满了田间地头。

首先是一位穿镶红边衣服的老鼠大叔嘀嘀地吹着螺号。身后是两面

巨大的旗子，每面旗上都写着"太平"两个大字。几块朱漆错金的牌匾随意搭着，匾上刻着金黄耀眼的"荣归"二字。紧接着是两位抬着大鼓的老鼠大叔，鼓很重，体积极大，走在一边负责敲鼓的老鼠大哥每敲一下，两位抬鼓的老鼠大叔都禁不住跟踉几步，险些摔倒。参加迎接仪式的老鼠们个个都身穿深色衣服，腰带上都串着珠子，都打着赤脚，穿着黑胶绸裤子。男子都包头巾，把两只耳朵束在头顶。一些好打扮的男子还自恋地戴上了新帽子，尖尖的嘴里还嚼着蒌叶。

　　除了参加迎接仪式的，紧接着大概有十五只老鼠抬着轿子，轿中端坐着新科举人鼹鼠，威风至极。他头上戴着一顶乌纱帽，两边各有一条帽翅。身上穿着肥大的蓝色袍子，跷着二郎腿，手里拿着一把扇子轻轻地扇着，另一只手里拿着一支卷烟，时不时放进嘴里吸一口，吐出一缕青烟。两只眼睛扫视着路两旁挤挤攘攘的乡亲们。

　　"嘀嘀嘀……路上的都让一让啊！给荣归故里的举人让路祭祖！"

　　"锵锵锵……"

迎接仪式郑重而又庄严。

离村子越近，队伍行进得越慢，从家里出来瞻仰这位举人的乡亲们也越来越多。人太多了，但是鼹鼠就是喜欢看到这番景象。过了一会儿，到了村头，映入眼帘的是祭祖跪拜的香案，鼠爸爸和鼠妈妈早已坐着大轿出来迎接鼹鼠。今天的天气晴朗又凉爽，鼹鼠在心里默默谢过老天爷。乡亲们都争先恐后地挤上前来观看这位新科举人的荣归典礼。

这时，在田野的那头，突然隐隐约约传来嘈杂声。这响声似乎是鼓声，又像是锣声或者是雷声，听起来奇怪极了：

"喵！喵！喵！"

"天哪！这是恶猫的叫声！"

参加仪式的老鼠们纷纷哀嚎着乱窜！

"喵！喵！喵！"

扛螺号的老鼠大哥第一个跑了，举旗的几只老鼠也赶忙丢下旗子逃跑，抬"荣归"大匾的老鼠也撒腿就逃。只有负责敲鼓的那几位大哥还在"咚咚"地埋头专心敲鼓，什么也没听到。

"喵! 喵! 喵!"

直到这时候，敲鼓的几位大哥才听见这轰然出现在耳边的恐怖的叫声，纷纷拼了命地仓皇而逃。抬轿的老鼠们也都被吓得丢了魂，耳边这令人发毛的怪叫分明就是死神的丧钟，死神正在身后朝他们伸出双手呢! 大家都吓得魂飞魄散! 他们"啪"地一下丢下轿子，闹哄哄地去找隐蔽的隧洞逃走了。轿子猛地砸在地上，歪歪扭扭地倾倒在地，而鼹鼠正得意地摇头晃脑，突然被摔得四脚朝天，根本没法逃跑。

盛大的迎接仪式顷刻间都消逝不见了，一只老鼠的影子都见不到。这时大家才偷偷看到恶猫岿然从西边走来。恶猫一边缓缓地走着，一边"喵喵"地叫着，这其实是恶猫在唱歌，他不是在喊叫，也不是在骂人。是的，刚喝过酒的恶猫心情极好，忍不住唱起歌来。原本恶猫也打算到荣归典礼上来凑个热闹，心情愉悦就瞎唱了两句。

"喵！喵！喵！"

老鼠们只要听到恶猫这么叫就觉得自己死定了！但是谁又知道这几声"喵喵喵"只是恶猫平时唱歌的声音呢？老鼠们都以为是恶猫饿了，想要找肉吃，而迎接典礼就这么散了。

恶猫走在大街上的时候，看到街上寂寥冷清，连一只老鼠的影子都没看见，旌旗横七竖八地散落在地，他吃惊地自言自语道：

"奇了怪了，我什么都没做，他们到底在害怕什么？"

恶猫于是又接着唱起来："喵，喵。"他不知道这么一唱，老鼠们更加害怕了，跑得更远了。恶猫见状，生气地转身离开到田里乘凉去了。一直等到下午，才见到几只老鼠畏畏缩缩地从村里出来。他们重新举行了仪式，大家默默地各就各位，继续忙起自己分内的工作。老鼠们重新吹起了螺号，举起旌旗和牌匾，又重新敲起了大鼓。当大家聚拢到大轿边时才发现，新科举人身上青一块紫一块，疼得龇牙咧嘴，根本没法坐起来。原来是轿子摔下的时候鼹鼠崴到了腿关节和脚，现在没法坐也没法走。原本好端端的迎接仪式，现在鼹鼠只能躺在轿子里让大家抬回家了，真是扫兴极了。到家后根本没人去看望他，即使有人探望也见不到新科举人，因为他伤得太重了，没办法坐起来。

天下人都知道新科举人因为几声无意的猫叫就摔得破了相，鼠爸爸和鼠妈妈也完全没了兴致。

但毕竟也是荣归故里的鼹鼠举人，鼠爸爸和鼠妈妈又慢慢开始得意起来。不过他们并不敢抱怨恶猫，因为抱怨恶猫只会让他们丢掉性命，何况鼹鼠一家几代人都性情温和，从来没说过别人的不是。

唯一可恨的一件事是从出事那天起，鼹鼠举人受伤的脚怎么都治不好了，鼹鼠成了残疾人，后脚走得不利索。鼠爸爸怕自己儿子成了跛子的消息传出去，给了当天抬轿子的几位轿夫一些封口费，让他们不要把这件事告诉任何人。

鼠爸爸和鼠妈妈一心想瞒住儿子跛脚的事。鼠妈妈心想：鼹鼠已经长大了，也学有所成了，该找个姑娘成家有个照应了。从此，给鼹鼠娶妻成了二老的心愿。家里就鼹鼠这么一个儿子，鼠爸爸和鼠妈妈年纪也大了，一些条件平平的姑娘自然配不上鼹鼠举人，这件事可真是让鼠爸爸和鼠妈妈头疼。鼹鼠可是已经当了官的人，结婚这件事自然也不能怠慢。再说了，乡亲们也催促鼠爸爸赶紧给鼹鼠找个儿媳妇，他们可都巴巴地等着吃喜酒呢！他们最喜欢去吃喜酒了，好说歹说地让鼠爸爸和鼠妈妈抓紧办事。

"两位大人看看哪些姑娘是可以挑给举人做妻子的。"

"有儿媳妇才能开枝散叶嘛！"

"两位大人瞧瞧隔壁村这位姑娘长得怎么样？"

"不行，这姑娘哪里配得上二位大人家的儿子！"

这时，河对岸有一位员外家正在为女儿挑选女婿，这个消息传出来已经有一年多了。很多公子王孙都相中了员外的女儿，但是还没人被选上。因为员外挑选女婿格外严格，而员外家这位大家闺秀又有几分姿色，这是远近皆知的事。

那位大家闺秀正是钱鼠，钱鼠姑娘很美，她自己也认为自己很美，因此更加注意自己的言行，走起路来步履窈窕。她的嘴又大又长，衣着打扮整洁大方，衣服上总会有阵阵芳香。但是天底下还流传着这么一句狠毒的俗语：臭如钱鼠。乍一看感觉钱鼠姑娘人还挺好的，但其实她有个缺点——性格很傲慢。自从员外说要挑选女婿，说自家有位二十岁的小女儿以来，员外父女俩让前来应选的老鼠们都丢大了面子。事实上，前来应选的老鼠中有很多都是毫无才华的，不过即便如此也不应该仗着自己有资本而羞辱对方。

在一次用餐时，鼠爸爸把鼹鼠叫到面前说：

"儿啊，你已经长大了，也学有所成，这辈子没什么遗憾了。为父心里只剩你娶妻这件事放不下，你有什么想法吗？"

鼹鼠喜欢要挟别人，但是在父亲面前还是老老实实地说：

"这件事您来定吧。"

"为父已经考虑清楚了，找遍这附近也没有哪家姑娘配得上你，倒是听说河对岸那员外家正在为女儿选婿，不如我明天去看看？"

鼹鼠笑起来：

"父亲，我说了这件事您来定嘛。"

试探过儿子的心意后，鼠爸爸第二天就穿着正装出发前往员外家了，他穿上了嘉定皮鞋，甚至还撑了把遮阳伞。

到了下午，鼠爸爸带着一身浓重的酒气回来了，员外好酒好菜地款待了他。

他把自己今天的遭遇一一向鼹鼠和鼠妈妈道来：

"员外对你很满意，早就听说了你的名声。不过他想让你改天上他那试探试探你的才能。"

"那我明天就去。"

到了第二天，鼹鼠就前往员外家拜访了，随行的还有两只做侍童的小老鼠。昨天夜里鼹鼠已经翻出所有书本又读了一遍，但麻烦的是他不知要怎么去员外家才好，因为他的后脚不利索，走路磕磕绊绊的。最后只好骑了一匹白马，穿的丝绸裤子一直盖到脚踝，下马的时候就由两个侍童搀扶着下来，俨然一副富家大公子的样子，没人知道鼹鼠公子是个跛子。

鼹鼠到了员外家里，员外十分热情地接待了他。钱鼠姑娘从珠帘后偷偷看鼹鼠，也觉得十分合心意。

员外给鼹鼠出了一道谜语。这是惯例，凡是应员外张榜前来应选女婿的，都要猜一道谜语，每个人的谜面都不同。员外给鼹鼠出的谜面是：

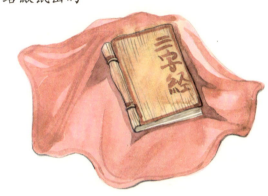

> 长相田字方，
> 肤白穿黑裳，
> 心怀天与地，
> 仁义又孝忠，
> 待君需用时，
> 其必敞胸怀。

员外给了鼹鼠三天期限，三天之内必须回答出谜底。鼹鼠领命，将谜面记下后就向员外告辞回家了。

白马慢慢悠悠地走到半路，鼹鼠拍拍脑袋就解出了谜底，他捋了捋胡须，自信地笑了起来。

回到家中，鼹鼠将今天的事告诉了父母。鼠爸爸问道：

"那你解出谜底了吗？"

"员外刚说出谜面我心里就有答案了。"

"谜底是什么？"

"是一本书，除此之外还能是什么。"

鼠爸爸沉思片刻也点头称是。

第二天，鼹鼠将一本包装精美，封面涂着黑漆的《三字经》包起来，命人送到员外家中。员外对鼹鼠公子的才华感到惊讶而又钦佩，因为迄今为止，员外已经对前来应选的很多王孙公子出过这道谜语，但是几乎没人能够答得上来，有些人甚至回去之后就没了音信。而这边，鼹鼠不到一天就解出了谜底，真不愧是神童！

钱鼠小姐也啧啧地称赞道："有才，实在是有才。"钱鼠父女俩赶紧派人到鼹鼠家报信，让他们请媒人上门谈婚事。

男女双方商量定下了提亲的日子。

事情的进展并没有那么顺利。

有一天，有一位客人来到员外家，说是有要紧的事要告诉员外。员外请他进门，那只老鼠行礼后对员外说道：

"小的听说员外大人要给府上小姐许配公子了？"

"对。"

"钱鼠小姐这是要嫁给一个跛子啊。"

员外傻眼了，说：

"什么？谁是跛子？你在说什么？"

"我说你要让钱鼠小姐嫁给一个跛子做妻。"

"谁是跛子？鼹鼠公子吗？"

"除了他还有谁！"

"你从头说起让我听听。"

"鼹鼠家的家境我不清楚，我只知道这鼹鼠公子左脚瘸了。"

"你是怎么知道的？"

"鼹鼠公子荣归那天，我去给他抬轿子，轿子摔下后，正是我背着鼹鼠公子回家的，因为他摔断了腿，没法走路了。后来他那腿怎么治都治不好，他的父亲为了不让消息传出去，给了每个轿夫一些钱，作为封口费。"

"那你拿到钱了吗？"

"没有，他把我漏了。"

员外沉思了一会儿说：

"我怎么知道你的话可不可信呢？"

这只老鼠笑着说：

"这有什么难的，您让鼹鼠公子步行到家中，再邀请他去逛花园不就知道了。"

"要是他拒绝呢？"

"那样的话您再考他一次，让鼹鼠公子必须步行到您府上，到那时候您就知道我的话是不是真的了。"

员外半信半疑，将此事告诉了女儿，父女俩又讨论了许久。最后，员外说道：

"那我就照那人的话试一试，如果鼹鼠公子真的没有残疾，这么要求他也没什么。"

于是员外派人向鼹鼠家报信说，十四日上午请公子到府上用餐，但是按照大户人家的礼节来说，公子应该步行前往。

员外父女俩就静候十四日的到来，想要一看究竟。十四日一早，鼹鼠家的侍童就前来报信说：

"启禀员外，我家公子今天身体不舒服，没办法前来赴宴了，请员外谅解。"

员外回房对女儿说：

"孩子啊，可能那人说的话是真的，不过我们还是要再试一遍。"

这次，员外又派仆人去请鼹鼠公子到府上参加忌宴。根据礼节，鼹鼠还是得步行前往，但是员外很疼爱这位准女婿，所以派一群仆人前去迎接。

天啊！这真是让鼹鼠太为难了，这下该怎么办呢？他瘸了左脚，要是不骑马、不拄拐杖，就只能一瘸一拐地跳着走。再说了，如果只是一小段距离，鼹鼠还能尽力走得端正，现在是得从家步行穿过好几片田到河边。平白无故要这些奇怪的伎俩，一定是那老员外从哪里听到了些风声。

这些人真是爱说闲话！但是已成事实的事，终究是纸包不住火，现在又能怎么办呢？

鼹鼠不得已又派侍童到员外家说了一次谎：

"启禀员外，我家公子生病还没好，不能出门吹风。"

这样一来员外就百分之百确定鼹鼠的病是怎么回事了。第二天，员外就给鼹鼠家写了一封退婚信。

鼠爸爸和鼠妈妈接到信后十分生气，而鼹鼠公子则时不时地仰天叹息。鼹鼠越想越感到愤怒，他觉得钱鼠家这样有始无终，实在是太无礼了，于是他想出了一个报复的办法。

鼹鼠也太斤斤计较了，他也不想想对方是因为他的瘸腿才不嫁女儿的，毕竟是你鼹鼠隐瞒自己腿瘸的事情在先嘛！

鼹鼠要怎么报复员外呢？一个手无缚鸡之力的秀才，他能做什么呢？员外家树大根深，鼹鼠根本不是他的对手，但咽下这口气，就这么退让也太丢脸了。鼹鼠想了三天三夜也没想出什么好办法，眼看日渐消瘦起来，他的毛发为此脱落了许多，头顶也秃了。

到了第四天，鼹鼠正无精打采地站在家门口，突然，他欢呼起来，因为他想到了一个妙招，他要写一首歌来讽刺员外。以鼹鼠的才华，写一首好歌还不是信手拈来的事！他立刻动笔写了一首讽刺员外为钱鼠小姐索礼的歌诀，完成后，他试着唱了起来。歌词是这样的：

"我是有钱人家的女儿，我的父亲要为我索要昂贵的聘礼。

你要用上百张桃红织锦来娶我，

一百块玉石、二十八颗星星、一百顶圆帽，

白银做的水烟袋和黄金做的胭脂盒，用四马高车运过来。

娘家人送亲要三百顶姜黄斗笠戴在头顶，每人一把精美蒲扇。

你还要买好绉纱、布置好房间、纺好新被，我们一起进入梦乡。

要九坛蜂蜜、十敦白糯米饭、十匾豆面糯米饭，

要用八万头牛、七万猪羊、九缸起泡酒。

像满月一样圆的榕树叶、骗子的虎牙、雷公的胡须，

苍蝇的肝和蚊子的油，

还要请你煮熟九只丧偶的母蝙蝠。

要有这些彩礼，我才能满意，你才可以娶我回家。"

鼹鼠将这首歌传出去后，这片田里所有老鼠亲戚们很快都能倒背如流，人人都能脱口而出、引吭高歌。不久员外就知道了，钱鼠小姐也听说了，父女俩除了生气和咒骂，什么办法也没有。

这时候，恶猫又出现了。恶猫出现在哪里，哪里就会有大麻烦发生。可能那天恶猫肚子饿了，又或者那天是雨天，雨天大家就很清闲，一闲下来就容易瞎想，然后就会做一些错事。似乎就在某一瞬间，恶猫突然嘴馋起鼹鼠荣归的时候鼠爸爸和鼠妈妈送他的肥美的旗鱼。恶猫想着想着就想要向鼹鼠家索要旗鱼，因为在这一带，恶猫就是老天爷，老天爷可是谁都不怕的！再说了，他最近都吃得太清淡了，不知偶然听谁说起，鼹鼠马上就要娶妻了，恶猫就完全有理由到鼹鼠家索要吃的喝的了，毕竟有喜事嘛。

恶猫慢悠悠地走着，两只眼睛瞪着前方。一到鼹鼠家门口，他就大声地叫起来。鼠妈妈才探出头来恶猫就抬起脚要捉她。恶猫一下子抓到了鼠妈妈的后背，鼠妈妈下意识地把身子一缩就逃回了家里。恶猫兴奋地连叫了几声，守在洞口等了许久，连一只老鼠也没见着。他生气极了，在那一边摇着尾巴，一边不停地刨土。

恶猫一定没想到，自己刚才顺手一抓，却给鼹鼠家带来了灾难。鼠妈妈逃回家后，发现后背被恶猫的爪子挠破了，鲜红色的肉就这么被划开了。鼠妈妈晕了过去，整个家上下乱成了一团。鼠妈妈因为体质弱，背上被恶猫挠破的伤口又很深，痛得她一直昏迷不醒，最后竟然咽气了。

全家人悲痛欲绝，哭声震天。

从那以后，鼹鼠更加专心地报复钱鼠父女俩，因为他认为正是由于那老员外生事，自己的母亲才会惨死于恶猫手下。唉！善良的鼠妈妈死得真是太冤了，鼹鼠必须报仇，而且是不共戴天之仇。

鼹鼠想方设法要报仇，或许他也想过要找一位武夫习武，但是没有找到，于是他又作了几首歌来讥讽、丑化员外父女俩。但是总这样，日子久了也会心生无趣，毕竟那员外也死不了，他们父女俩还是活得逍遥自在。

有一天，鼹鼠听到传言说，在这片田地的另一头有一只大鼠是老江湖，他讲义气，立志做大事，而且武艺高强，在五湖四海结交了许多朋友。于是鼹鼠便前去找到了大鼠的家并请求参见。他将自家发生的事情咬着牙，悲痛地向大鼠一一述说：

"大侠，我与那员外不共戴天，若是搭上我的性命可以杀死员外的话，我愿意一死。"

大鼠哈哈大笑起来，摸了摸鼹鼠的头说道：

"年轻人，我很欣赏你，年纪轻轻有志向、有胆识，很好！但是很可惜，你用错了自己的才能。"

鼹鼠问道：

"那您说，我怎样做才是对的呢？"

"首先，你闹哄哄地庆祝荣归，那是毫无意义的拿腔作势，还乡以后还得意忘形地

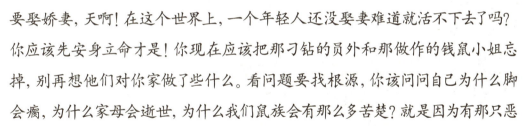

要娶娇妻，天啊！在这个世界上，一个年轻人还没娶妻难道就活不下去了吗？你应该先安身立命才是！你现在应该把那刁钻的员外和那做作的钱鼠小姐忘掉，别再想他们对你家做了些什么。看问题要找根源，你该问问自己为什么脚会瘸，为什么家母会逝世，为什么我们鼠族会有那么多苦楚？就是因为有那只恶

猫。如果那只恶猫死了，我们不论在家中还是在草丛里，或者是在田野上，都可以过上平安祥和的日子。我正鼓励大家团结起来，把那只狠毒的恶猫的老窝给端了。"

鼹鼠大声地说：

"我愿意追随您！我这就回去把您这番豪言壮语告诉街坊邻居们。"

"这就对了，你终于醒悟了！"

从那以后，鼹鼠就有了可以追寻的理想和要履行的义务了。尽管他还拖着一条病腿，但是鼹鼠做每一件事都利索起来；尽管他还是没有娶妻，但是他已经不再考虑这些事了，他觉得应该先安身立命才是！

后来，那钱鼠小姐也日渐容色枯槁，直到老死，也没人娶她，没人陪她，因为她做作、高傲又爱端架子。平时做得太过分，终有一天是会遭到报应的，而人生在世，傲慢只会招人厌弃。

# 胡子鲶和癞蛤蟆

一天夜里，天空忽然下起了大雨。从年初到现在才有这么一场比较大的雨。在潇潇的风雨声中，还夹着不知什么东西的叫声，听起来奇怪极了。这声音很大，仿佛村里祠堂的鼓声。你听，谷啊呱呱呱……谷啊呱呱呱……你听你听，又或者是鬼叫声？但是老师说了，这个世界上是没有鬼的嘛。

"奶奶，这是什么声音呢？"

"是怒蛙在叫。"

"怒蛙是什么？"

"明天你们到池塘边上，看到一只长得像树蛙，皮肤发黄，腹部比身子大两倍，而且只栖息在莲花茎上或是叶子上的动物，那就是怒蛙。"

"怒蛙是好的吗？"

"你们再往水里看，会看到密密麻麻的黑线，从池塘这头的岸边连到那头的岸边，就像城外的电线一样，这些是癞蛤蟆的卵，就是那些在院子里东蹦西跳的癞蛤蟆。怒蛙得在这儿帮癞蛤蟆看卵，从古至今，怒蛙一直都这么做。奶奶考考你们，癞蛤蟆的卵会孵出什么呀？"

"奶奶我知道，会孵出小癞蛤蟆。"

"孵出小癞蛤蟆。"

"你们说得不对，癞蛤蟆的卵会孵出小蝌蚪。"

"哦！没错没错，星期三的时候我刚刚学了《蛙类》那篇课文，癞蛤蟆的卵会孵出小蝌蚪。"

"奶奶给你们讲小蝌蚪的故事好不好呀？小蝌蚪断尾巴的故事。"

雨声淅淅沥沥，风声呜呜呼呼，伴着帮助癞蛤蟆看卵的怒蛙的叫声。

　　从前，有对癞蛤蟆夫妇，已经结婚很久了，但一直没有孩子。祈祷了很久也一直没有显灵，夫妇俩为此感到很苦恼。

　　但到了春天，母癞蛤蟆发现自己变得和以前有些不一样了，她知道自己怀孕了，于是就把这个好消息告诉了公癞蛤蟆。夫妇俩都非常开心同时开始期待起来。

　　到了快要产卵的日子，按照癞蛤蟆一族的习俗，母癞蛤蟆要离开丈夫独自到村外的一个池塘里产卵，直到将卵生产在那个池塘里。

　　在一个刮风下雨的夜晚，母癞蛤蟆生下了一簇蛤蟆卵。这些蛤蟆卵散开了，分散在整个池塘里。第二天早上，母癞蛤蟆数了数自己产下的卵，记好后就爬上岸了，打算回家把这个消息告诉自己的丈夫。公癞蛤蟆一直等不到妻子回家，

早已来到了岸边等候。

夫妇俩手牵手一起回家了，打算等到下一个礼拜再去看看那些卵，好预测小蝌蚪破卵而出的日子。

五天后，这些卵孵化出了一群小蝌蚪。癞蛤蟆夫妇每天都到池塘边祈求上天让他们的孩子早日长大上岸。

在这个池塘里还有一对胡子鲶夫妇，他们也是结婚很久了一直没有孩子，即使有了孩子，生下来也养不活，生了六七次都没有养活过一个。日子一天一天过去，他们俩也一天一天变老，可还是膝下无子，不知道该怎么办才好。胡子鲶夫妇四处礼拜求子，但乡亲们都直言说胡子鲶夫妇一家以前无恶不作，现在没有孩子敢投胎过来。

有一天，雄胡子鲶漫无目的地在池塘边游荡，偶然间遇到了癞蛤蟆家的那群小蝌蚪。雄胡子鲶盯着他们整个人都呆住了。哎哟喂，怎么这些小蝌蚪像极了自己家的小胡子鲶呢？实在是太像了，像得不得了，他们也是扁扁的大头，细细的身子，小小的尾巴，身子两边也有两片尖尖的鳍。身上的皮肤是花黑色的，这一点就更像胡子鲶鱼苗了。确确实实就是胡子鲶花黑色的皮肤，而且是正宗胡子鲶的花色。

雄胡子鲶心想：要不我把这群小不点带回家养吧，没有亲生孩子养子也一样视如己出，只要今后他们对我孝顺就行啦，还有什么好考虑的呢？算了算

了……还是先回家和老婆商量一下才行。

雄胡子鲶赶紧回家了，他把刚才那次幸运的奇遇告诉了妻子，雌胡子鲶也和丈夫一样喜出望外。夫妇俩一同来到了刚才那群小蝌蚪畅游的地方。

胡子鲶夫妇一个在前一个在后，将这群珍贵的"小胡子鲶"带回家了。

有一天，癞蛤蟆夫妇来到池塘边看望自己的孩子，却一个孩子的影子都没有看到，就连水里小脏物的影子都没看到。他们伤心极了，不停地哭泣。

但是哭泣并不能帮他们找回这群走失的孩子。

公癞蛤蟆对母癞蛤蟆说：

"是不是哪个坏蛋把我们的孩子抓走了，你在这里等我，我到水里去瞧瞧……"

公癞蛤蟆把裤腿挽起来，趟遍了整个池塘，每一个角落都不放过。母癞蛤蟆还在岸上呜呜地哭着。公癞蛤蟆一边趟着水一边吆喝道：

"邻里乡亲们，是谁带走了我家的孩子们请还给我们……乡里乡亲们……"

胡子鲶夫妇听到了吆喝声，知道是癞蛤蟆夫妇在找自己的孩子。雄胡子鲶慌了，不知道该怎么办才好。随后他把自己家的门都关好了，又把那群小蝌蚪关在了屋子里，然后站在篱笆外打探动静。

看到癞蛤蟆直直地朝自己家吆喝，雄胡子鲶说：

"你家在那头呢，上我这儿来大声吆喝干啥？"

"我家孩子不见了，我得吆喝着找他们呀！"

"你装什么呢？你是打算到我们村来偷东西吧？"

公癞蛤蟆生气极了，说：

"我家原本有几个孩子在这池塘里，不知道是被人拐走了还是他们自己走丢了，我才到这儿来找的，不然谁没事要来你们村这个既潮湿又肮脏的地方。"

雄胡子鲶撅起胡子，骂骂咧咧地说：

"你这个血口喷人的家伙！我站在这儿都还闻到你身上的臭味，竟敢说我的村子潮湿又肮脏。"

公癞蛤蟆也不甘示弱：

"我再怎么贫贱也建了个干净整洁的房子住，哪像你们要蜗居在这些烂泥巴下面。"

就在这时，门缝里伸出了几根胡须，几只小蝌蚪钻了出来，摇摇摆摆地游了过来。

公癞蛤蟆瞥见了小蝌蚪，大叫起来：

"我的天哪，我的孩子们！"

雄胡子鲶转身把小蝌蚪们赶回屋，用泥巴把缺口用力填上，然后对公癞蛤蟆说：

"你家孩子？你家孩子在你那草丛的家里呢，怎么可能在这水下，你真是蠢！"

说完雄胡子鲶转身进了屋，把头伸在外面再也不说一句话。

公癞蛤蟆就在
那儿徘徊，不停地呼唤
小蝌蚪们，但是这群年幼无知
的小蝌蚪哪里知道要回应爸爸的呼
唤呢。公癞蛤蟆一直不停地念念叨叨，最
后实在是太生气了，公癞蛤蟆开始痛骂胡子鲶，嚷
嚷得整个池塘都听到了。公癞蛤蟆骂得太大声了，胡子鲶
夫妇已经在家里准备好棍子，打算冲出去把这个没规矩的公癞蛤蟆
打一顿。

公癞蛤蟆见状，赶紧跳上了岸。怎么说这也是在别人的地头上，要是胡子
鲶叫上整个村的人来打自己那可就惨了，公癞蛤蟆只好先跑回了家。

公癞蛤蟆把事情的来龙去脉都告诉了母癞蛤蟆。

母癞蛤蟆瘫坐在地上有气无力地说：

"这扁头胡子鲶把咱们家孩子抓走了，他们现在打算干什
么？"

公癞蛤蟆思索了一番说：

"不用怕，我要去告他。当时他说一句我回

嘴十句，两个人就
这么面对面骂着，我根
本没有对他动手。我清清楚楚
看到咱们家孩子就在他家门后啊。"

　　于是公癞蛤蟆填了诉讼单要把胡子鲇
一家告到泥鳅知县的公堂上。

　　他在公堂上等知县来把整件事情，从母癞蛤蟆到池塘里
产卵，到夫妇俩每天到池塘边看望自己的孩子，直到孩子们不见了，夫妇俩去找
孩子，再到遇见雄胡子鲇，看到自家孩子在雄胡子鲇家里，一五一十地讲给了泥鳅
知县听。

　　公癞蛤蟆又接着说："刚才发生的事有很多村民都看到了，像鲤鱼、鲢鱼、
罗非鱼他们都看到了。"

　　雄胡子鲇被侍卫带到了公堂上。

　　泥鳅知县呵斥道：

　　"大胆刁民！你怎么敢捉走癞蛤蟆家的孩子，还想对他行
凶？"

　　　雄胡子鲇跪下，撇嘴说道：

"启禀大人，皇天在上为证，是癞蛤蟆对您撒了谎。我连癞蛤蟆家孩子长什么样都不知道。再说了，为什么癞蛤蟆是住在陆地上的，可是他的孩子却在水里，听起来也太奇怪了吧。他无缘无故偷摸进了我们村里，我看他行为怪异才大叫让村民们出来看的，因为我怕他是个小偷。谁知道他是不是愧对大家所以才编出这么些谎话，胡言乱语往我身上加罪。"

泥鳅县令把各位证人叫上来。

鲤鱼、鲢鱼、乌鳢和罗非鱼都忸忸怩怩、战战兢兢的，没人敢开口说话。过了很久，鲤鱼才张嘴小声说：

"胡子鲶和癞蛤蟆之间这些纠缠不清的事我们什么也不知道。"

泥鳅知县问鲢鱼：

"那你知道吗？"

鲢鱼说：

"启禀大人，我和鲤鱼一样什么都不知道。"

乌鳢和罗非鱼也说：

"我们也是。"

公癞蛤蟆气不过，仰起脸大声说：

"启禀大人，我本是住在陆地上的一类，这几位都是住在水里的，他们之间肯定是互相包庇才会这么说。我老婆坐月子的时候鲤鱼、罗非鱼还来问候过呢。雄胡子鲶想要打我的时候，鲢鱼和乌鳢就站在边上。"

泥鳅县令让公癞蛤蟆和几位证人先退下，派侍卫把雄胡子鲶带到地牢，严密监禁起来，以便对他进行审问。

在监狱里，雄胡子鲶被严刑逼问，痛苦极了。这是泥鳅县令下的命令。白天，雄胡子鲶的脖子被铐起来，用藤鞭子打三四次，每次打上百下。晚上两个鱼鳍被铐起来，两撮胡须被绑起来，吊在房梁上。

雌胡子鲶偶尔可以到牢里看望雄胡
子鲶,雌胡子鲶每次都抹着眼泪看着自己的
丈夫。有一次,雄胡子鲶猛然想起什么,把雌胡
子鲶叫到身边说:

　　"你回去赶紧到鲸鱼那里,帮我向他求救,
不然我就死定了。"

　　于是雌胡子鲶到了鲸鱼面前,一边哭一边把事
情都告诉了鲸鱼。

　　鲸鱼说:

　　"别哭了,没什么大不了的。你回去备五两蚯蚓,
我把这些蚯蚓带给泥鳅县令就完事了。"

　　雌胡子鲶高兴极了,赶紧回去四处讨来了五两蚯
蚓,带到了鲸鱼家。鲸鱼给自己留了三两,然后衣冠楚
楚地带着二两蚯蚓上泥鳅知县家去了。

　　鲸鱼说:

　　"大人,我清楚雄胡子鲶为人善良,从来没做
过什么坏事。现在他老婆又非常懂事,让我带了点礼
物给您,请大人明察。大人如果对他们夫妇高抬贵手,他
们肯定会对您感恩戴德的。"

　　泥鳅知县表现出很犹豫的样子,过了很久才收下那包礼物,他说:

　　"行,我一定明察。"

　　过了几天,公癞蛤蟆因为太想念自己的孩子了,又到公堂上喊冤。泥鳅知

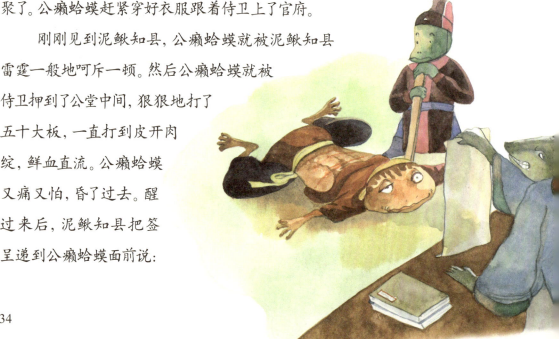

县呵斥着把他赶了出去：

　　"本官这里不是什么小事都可以上报的，快滚！我先派个儒吏去看看怎么回事。"

　　公癞蛤蟆只好慢吞吞地退下。

　　泥鳅知县派黄鳝和题官到胡子鲶家打探虚实，然而黄鳝和题官也已经收下了胡子鲶夫妇托鲸鱼带来的贿赂。

　　癞蛤蟆夫妇实在是太倒霉了。

　　看着那群小蝌蚪，黄鳝哈哈大笑着说：

　　"癞蛤蟆夫妇还犟嘴。这些小家伙扁头，黑皮肤，明明就是胡子鲶家的血统嘛，哪里像那两个走起路来扑扑跳的癞蛤蟆了，这夫妇俩连孩子都敢乱认。"

　　黄鳝立刻给知县写了签呈，把自己所看到的事情告诉了泥鳅知县。

　　泥鳅知县看了签呈后派人去传唤公癞蛤蟆。收到传令时，癞蛤蟆夫妇开心极了，以为泥鳅知县明察秋毫，这下夫妇俩和孩子们终于可以团聚了。公癞蛤蟆赶紧穿好衣服跟着侍卫上了官府。

　　刚刚见到泥鳅知县，公癞蛤蟆就被泥鳅知县雷霆一般地呵斥一顿。然后公癞蛤蟆就被侍卫押到了公堂中间，狠狠地打了五十大板，一直打到皮开肉绽，鲜血直流。公癞蛤蟆又痛又怕，昏了过去。醒过来后，泥鳅知县把签呈递到公癞蛤蟆面前说：

"你真是胆大包天，敢对整个官府说谎了。呐，这是吏使和题官接到我的命令后到胡子鲶家里实地考察后的签呈，他们家那群孩子和他们长得一样，都是扁头的。怎么可能是你家的孩子？"

公癞蛤蟆说：

"启禀大人，您派去的几位官吏一定是收了胡子鲶的贿赂，所以他们才会在签呈里这么写。"

从知县到侍卫，听到"贿赂"两个字都吓了一跳，知县不禁大发雷霆起来。公癞蛤蟆没法再说一句话，他立刻被关进了牢里，两只脚都被戴上了脚镣。

母癞蛤蟆在家里等得心急，好久都没有丈夫的消息。她亲自来到官府，经过打听才知道，原来自己的丈夫被打了个半死，现在正被关在监狱里。

母癞蛤蟆扑在地上大哭大闹，咬牙切齿。然而再怎么哭，即使哭红了眼，也不能改变什么。

母癞蛤蟆得向监狱的侍卫塞钱才能到监狱里探望自己的丈夫。打点好之后，母癞蛤蟆终于见到了自己的丈夫，俩人一见面就抱头痛哭。哎，实在是太委屈了！夫妇俩互相看着对方长吁短叹。最后，母癞蛤蟆站起身，果断地对丈夫说：

"离开水那么久我可能会死在这儿，我先回去再做打算。"

母癞蛤蟆闷闷不乐地回去了。她走遍了邻里乡亲每一家，只要有"双手双腿扑扑跳"的亲戚，她就探头进去找人帮忙。

起先，他来到了雨蛙和怒蛙的地盘。但是母癞蛤蟆意识到他们帮不上自己什么忙，只会吃饱了张嘴大叫，于是她又去了别的地方。

有一天，她正在田里漫无目的地走着，突然遇到了青蛙。

青蛙问母癞蛤蟆：

"最近发生什么事了？蛤蟆大婶您怎么唉声叹气的？看您最近也瘦了好多，是有什么烦心事吗？"

青蛙的这些话一下子就说到母癞蛤蟆的心里去了，她哇地一声大哭起来，一边哭一边把家里发生的这些事告诉了青蛙，希望青蛙可以想出什么好法子来帮帮自己。

青蛙说:

"话虽如此,但是我家里清贫,我也没有什么才干,尤其是出入官家的地盘,我也不擅长这些。我只能帮得上您一点小忙,我知道我们族里有一位长者,他很擅长行文,也很会解决官府事务,每次谁家有事要上官府的,请他帮忙准能完美地解决。"

"这位长者是谁?"

"树蛙。他个子虽小但是做起事来轻快又灵活。您尽管上他家去找他,这件事即使再难解决,我保证他也能帮上您。"

"那树蛙家在哪里?"

"他家在东村,站在这个岔口就能看到了,种菠萝那儿就是。"

母癞蛤蟆谢过青蛙之后就赶紧去找树蛙了,问了很久的路才找到树蛙家。母癞蛤蟆走进去,看到树蛙正躺在树梢的吊床上。

母癞蛤蟆行了叩拜礼。树蛙问:

"蛤蟆大姐好啊,您近来身体还好吗?您上我这儿是来玩的还是有什么事吗?"

母癞蛤蟆一边号啕大哭一边把家里发生的这些不幸的事情告诉了树蛙。

"树蛙大哥,你救救我们吧!你要是不高抬贵手救我们,我们就死定了。歹毒的胡子鲶一家胁迫我们,他们把我家孩子拐走了,还买通了上面的官员,把我的丈夫抓走了。树蛙大哥,你救救我们吧!"

树蛙咬紧嘴唇思索了一番,他挠了挠额头,仿佛在思考什么妙招。树蛙做律师也是出了名的,只见他爬上了墙头苦苦思索。

突然,树蛙大叫起来:

"哦!我想到一个好办法了,但是这也不是一件容易的事呀。我们得走另外一条路,不能和泥鳅知县还有黄鳝硬碰硬。我们还有别的办法的,现在你得和我一起去找乌鱼先生,这件事才能办成。"

"呃,树蛙大哥,我不认识乌鱼先生。"

树蛙绷着脸说:

"哦,那没事,我带你去……"

于是母癞蛤蟆和树蛙一同来到了乌鱼先生家为公癞蛤蟆伸冤。


那时候,乌鱼先生是整个池塘里赫赫有名的人物,他是一个头脑清醒、办事公平而且善于处理诉讼案件的大官。

母癞蛤蟆把事情的来龙去脉告诉了乌鱼先生,乌鱼听了之后哈哈大笑起来:

"哎哟喂!你忘了你们家族从古至今的生存习性了吗?你们生产的时候要到水里,产的卵会孵出小蝌蚪啊。"

母癞蛤蟆低下头说:

"对,但是胡子鲶把我的孩子们都抓走了。"

乌鱼先生说:

"树蛙你先带蛤蟆大姐去池塘边,稍后我亲自过来处理这件事。"

树蛙和母癞蛤蟆拜过乌鱼先生,就回去等待乌鱼先生来处理起诉胡子鲶了。

在那期间,发生了一件极其怪异的事。一天,从水底突然冒出了一群可爱的小蛤蟆,一只跟着一只有顺序地游到了母癞蛤蟆面前。这群小蛤蟆已经会牙牙学语了,他们兴奋地大叫,你一言我一句地叫着"妈妈,妈妈"。母癞蛤蟆感到欣

慰极了，激动地流下了两行眼泪。原来，小蝌蚪们已经到了断尾巴的时间，他们已经变成小蛤蟆啦。

乌鱼先生来了，母癞蛤蟆跪下来叩拜他，小蛤蟆们也有秩序地跟在妈妈身后叩拜乌鱼先生。

乌鱼先生笑了，开口说：

"有什么大不了的事嘛，非得沸沸扬扬地告上法庭。呐，这不，小蝌蚪们断了尾巴，自然就变成了小蛤蟆，从古至今都是这样嘛。现在你们全家可以团圆了。"

公癞蛤蟆被放了出来，也刚刚来到这里。

乌鱼先生开始处理案件了，他命侍卫把胡子鲶夫妇带到面前，押他们趴下，先用棍子打了一顿。胡子鲶夫妇俩还不

想招供。侍卫又
将他们一顿打，结果他
们还只是叫唤，怎么也不肯开
口招供。

过了好久，直到
再不招供胡
子鲶夫妇
就只有
死路一条
了，他们才开口
说：

"我们原本没有孩子，看到这么一群刚出生的孩子，就想着捉回去当成自己的孩子养。我们没想过这是癞蛤蟆家的孩子，也没想到有一天他们会变成一群小蛤蟆。"

乌鱼先生把他们的供词记好，写好签呈递交给了水王。

没过多久，水王下发了判决书：

"胡子鲶夫妇撒了谎，从现在起一生只能在水底的淤泥里生活，不能到水面上来。泥鳅知县收受贿赂，撤职，下放到少水的沼泽里。鲸鱼世世代代只能在外面的江河里漂泊，不得回到池塘里和乡亲们团聚。"

黄鳝、题官都被处以缓刑，鲤鱼、鲢鱼被判无罪。不知为何怒蛙却被判了刑：从那以后，只要到了雨季，癞蛤蟆到池塘里产卵之后，怒蛙就得爬到树上，夜里呱呱大叫守护蛤蟆卵和小蝌蚪。

癞蛤蟆夫妇带着孩子们回家了，整个村子的乡亲们都前来问候他们。人们一起凑钱举办了一场团圆宴。听说甚至杀了一头牛，还请了歌姬和唱潮剧的戏班子，场面可盛大了。

# 城里的老鼠

在一场战火中，我们保存的很多作家的手稿都遗失了，一份都不剩。

一件偶然发生的不可思议的事让我们又能看到这篇文章：

一位文人写的《城里的老鼠》是《周六小说》周报里大家耳熟能详的作品。

苏怀先生早已离我们而去，我们现在还能读到这篇故事实在是难能可贵。在日本军阀占领越南的时候，苏怀在1945年写下了《城里的老鼠》，现在我们将这篇故事润色之后再次展现在大家面前。

（1949年在河内再次印刷的时候新民出版社写下的话，当时河内正被法国殖民者和日本法西斯侵占。）

大街上到处都是一盏盏的路灯，明亮极了，西贡市笼罩在一片光亮之中熠熠生辉。太阳刚刚从西边的屋顶上落下，电灯亮了起来，仿佛在阻挡黑夜的来临。各家各户的人们蜂拥来到马路上，他们在街边乘凉；进到小店里，喝上一杯咖啡，或是一杯柠檬汁，又或是一杯拿铁；有的人吃米面、粉丝饼、风吹饼……人们热热闹闹地吃喝着，忙得不可开交。这个光彩照人的城市的河景在夜里比白天还要热闹好几倍。

这幅热闹的生活景象发生的同时，还有另外一幅景象，也是这么熙来攘往，热闹非凡。深夜逐渐到来，街上的行人渐渐稀少，马路上许多路灯也开始熄灭，

给热闹的城市带来另一份和婉。这个时间里，光溜溜的大马路上，行人已经寥寥无几，很久才能看到一两个晚归的人骑着自行车闪着黑影一溜儿过去。

这时候，另一个热闹的世界——沟壑里、路两边的水沟里，数不胜数的身影开始涌现出来。他们鬼鬼祟祟地走着，很多时候成群结队地穿过坑洼的路面，从这头跑到那头。他们也是去消遣娱乐，或者是去喝咖啡、吃粉丝饼，就像人类一样。城市是人类的，但是从黑夜到黎明的这段时间里，城市是属于他们的。

他们是谁？我来告诉你吧，就是老鼠，就是我们老鼠。没错，我们就是这么了不

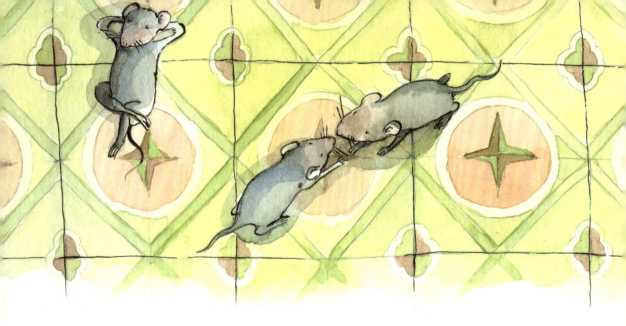

起，为什么呢？把我们的地位和你们人类相提并论也不为过，不信你看：纵观五湖四海，有人类的地方就会有我们老鼠。人类在哪儿，我们就在哪儿；人类吃什么，我们就吃什么。我们和人类只有一点点区别，比如说人类很庞大，而我们个子很弱小，只有人类的手掌那么大。在这里我得声明一点，从古至今，人类都认为我们不会说话。喷！真是胡来。我们也是会说话的嘛！我们说"吱吱"，我们说的是我们自己的语言，就像人类说人类的语言一样。因为语言不同，所以才会产生这样的误解。说到厉害的地方，我们可比人类强多了。人们说话的时候，我们可以完全听懂他在说什么，可是我们说的话他们根本听不懂。我们一出生就有胡子、牙齿了，而人类的婴儿一出生哪里有胡子、牙齿？更不用说我们细长而白润的漂亮尾巴了，人类从来就没有尾巴，人类比我们差远了！

但是，人类都很自我，我这么自夸，人类肯定生气极了。肯定会有人大骂："活在人类影子下的死老鼠，有什么好盛气凌人的？我买只猫回来你们只有死路一条……"算了，我恳请你们别买猫回来，我刚才只是开玩笑的嘛。实际上，一直以来我们还是很恭顺人类的，人类建好了房子我们才有机会沾光住在里面。人类还建了烹饪食物的厨房，让我们可以蹭吃蹭喝。偶尔，人类还会养几只小鸡，让我们老鼠中的长辈可以大显身手去偷上几回。

我们还知道，人类和我们鼠类也没有什么区别。谁都得干活才能谋生，人

生的路上有数不清的荆棘坎坷，太辛苦了，太劳累了。但是，只有经历过这些辛苦劳累，才能算没有白来这世间一趟，你说对吗？

不说别的，就说我自己吧。我只是这个世界上芸芸鼠类中渺小的一员，我的一生中也充满了辛苦劳累，但是我从来不因为这些而感到难过。相反，我因为自己所经历过的这些坎坷而感到高兴，因为生活在这个新鲜的世界，学到很多新的知识而感到高兴。

我猜小朋友们一定在等着我把自己这一生游历、冒险的故事讲给你们听吧？因为我知道你们一定会喜欢这些故事。不，这个故事讲述的是我的一生，它是不是个冒险故事，还得再看看。我只知道我想要把自己这一生遇到的艰难坎坷讲给你们听，那个时代是人们为了填饱肚子而和生活做斗争的时代。我还想讲述我在颠沛流离了大半辈子之后悟出的一些道理。

今天，我就来给小朋友们讲讲这个故事。

在我年轻的时候，我的脾气比较奇怪。我也记得不是很清楚了，但是可以确定的一点是我很自大，脾气也很急。

我很喜欢对着水缸里的水照镜子，我认为自己是一个风流倜傥的英俊少年。天啊，不信你们看看我的样貌。我的头又小又尖，脑袋小的人一般都是很聪明的。我属于老鼠中优秀的一类，我的身上披着一层光亮如新的皮毛，脸庞两侧的胡须又长又直。我的四肢纤小，两只眼睛水汪汪的。

我整天都在对着水面欣赏自己的影子，每天还会跟村里的一群老鼠一块儿玩。他们年纪跟我差不多，我是他们当中的头头，因为我跑得快、会跳舞，身体健壮，又会武功。看到这里你一定会问，会武功？对，我会武功。我还喜欢四处游荡，有时候我会一连好几天都见不到人影。

那个时候，我和我的哥哥嫂子住在一起。每次我玩完回来，我的嫂子都会跟在身后唠叨个没完，让我觉得十分难受。我给嫂子取了个绰号叫"长舌妇"。

有一次，我哥哥骂我：

"你还没本事养活自己，就得听我的话，怎么能一天到晚只知道玩？"

我反驳说：

"你不能这么看不起我，你凭什么说我没本事养活自己？"

"哟，嘴巴还挺厉害的嘛！你根本就没什么本事，知道吗？说得那么厉害，你去找点吃的让我看看？"

我撇嘴冷笑说：

"好，你赶我，我这就走。"

"你言重了，我没有赶你，但是……"

"但是你已经听了别人的煽动想要针对我，那和赶我走也没什么区别。"

"我听了谁的煽动？"

我模棱两可地说：

"你听了谁的煽动你自己知道。"

哥哥冷笑说：

"我明白了，你怀疑你嫂子煽动我，因为每次你去玩都是一整天，没一点规矩，回家之后你嫂子常常对你唠叨。别这么乱想，凡事要全面地看，把事情弄清楚再开口。哦，你也挺厉害啊？我只说了你两句，你就敢说我'赶你走'了。行，想走就走，随你的便。你已经长大了，出去走走看看，开阔一下眼界也不错。"

我决定了，不再和我哥哥住在一起了。我得离开，不管怎么说，我自己的人生也需要自己走。第二天，我就向我哥哥道别了，我很感激大哥和嫂子这么久以来对我的养育之恩，诚恳地说。

"你真的要走吗？"

"大哥、大嫂，你们别觉得我是头脑发热或者是在跟你们赌气，不是的。我离开你们是为了我自己的人生。"

我哥哥摇了摇头，瞥了我一眼说：

"行吧，你想走就走吧。什么时候想家了，尽管回来。"

我嫂子还给了我一块鸡肉，我心里知道我嫂子并不是要赶我走，我明白的。

我谢过嫂子，吃掉了那块美味的鸡肉。

从那天起，我就离开了哥哥家。我心里充满了对未来美好的向往。眼前的急事就是去找我每天的玩伴，告诉他们从现在起我可以随时和他们一起玩了。我看到他们有些惊讶，一个朋友问我：

"你真的离开家了？"

"当然是真的了！你们难道不为我感到开心吗？"

"你现在吃住在哪里？"

我坦白地说：

"我和你们一起吃住，你们不是一直盼着我和你们一起生活吗？"

一个朋友慢悠悠地说：

"伙计！你这么离开家，不是一个明智之举啊。往常我们每次说盼着你和我们一起生活，可是实际上多了一个你，我们怎么养得起呢？这个村子的人把食物都藏得严严实实的，我们饿得毛都脱了……你还是回家和你哥哥嫂子一块儿住吧，吃饱睡好，偶尔来这儿和我们玩，这样的生活不知有多好。"

我生气极了，说：

"你们这些坏东西，你们怕吃亏所以赶我走是吧？我真想不到你们是这样的人，不过……行，算了，我也不需要你们这种朋友。在我走之前，你们谁有种就出来跟我比试一回。"

我抓住离我最近的一个家伙，咬了他一口，他们一群人立即冲上来打我。如果是一打一，我肯定会把对方斗到死。但是他们人太多了，以前越是和我亲密的朋友，现在却越是对我大打出手。我被打得四脚朝天，实在是太痛了。如果我被打死在这里，也只能变成一只臭烘烘的死老鼠。

醒过来后，我看了一眼四周，一个人也没有。我既难过又无比失望，对友情失望，对世态厌烦，我的未来变得灰暗起来。天啊！我以为他们肯定会养我，我以为他们一定会珍惜我，我以为他们一定会……

这一切像一场梦一样，他们反而打了我。出来在这世间闯荡，一点也不容易。哥哥啊，我现在想回家了。

我赶紧打消了脑子里的这些念头。发生这种令人失望的事，只不过是我一直以来瞎了眼，交错了朋友，我不应该因为区区一点挫折就灰心。

"要大胆往前走！往前走！"我心想。

在一片寂静里，我挣扎着坐起来，钻出了巷子边的草丛。那时候已经是寂静的深夜了，我轻松地走了很长一段时间，走遍了大街小巷。我决定走到很远的地方去，远离我哥哥、嫂子家，远离这群损友，我想要活得不一样。

在这座偌大的城市里，上哪儿去找一个可以让我栖身的地方呢？我一直找，一直找。房屋、马路、河滩确实都很宽阔，但是找一个栖身的地方却不容易。每一个地方都车水马龙，在地上有多少人，地底下、角落里就会有成倍的老鼠。

过了很久，我找到了一户人家。这户人家条件还不错，没想到我这么有眼光。

这栋楼有两层，墙壁是黄色的，门板是葱绿色的。我大方地进屋，屋里又凉快又清净。家里人少，屋子又宽敞，所以我尽情地在屋子里搜寻，也没一个人发现我。但是有一件事很奇怪，这个屋子里没有任何老鼠生活的痕迹，难道是老鼠们没发现这个宽敞的地方？换成是别的地方早就住满老鼠了。我楼上楼下都跑遍了，还故意叫了几声，但是没有任何回应。

来到园子里，我把嘴伸进水沟里喝了一口。水打湿了我嘴两边的胡须，我站起身抖了抖两排胡子，沉思道：

"实在是太爽了！还没有哪只老鼠发现这个地方。我是第一个占领这里的人，可以在这里横行霸道了。以后哪只老鼠到这里来，都得做我的仆从，将来我会有数不清的部下。"

我慢悠悠地回到屋里，钻到楼梯底下甜甜地睡了一觉。

到了下午，我醒了过来，因为耳边响起了留声机传出来的音乐声。原来是午

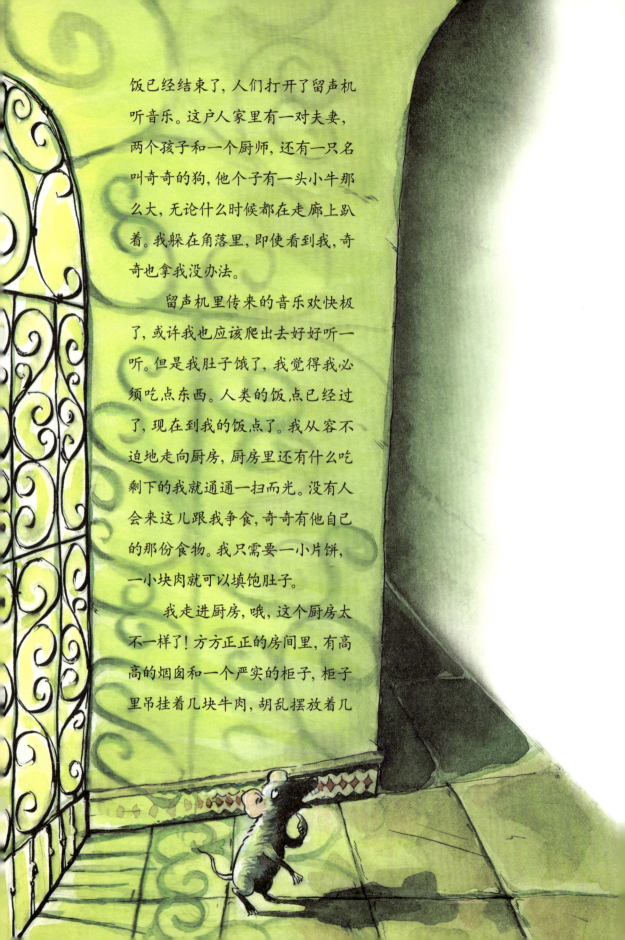

饭已经结束了，人们打开了留声机听音乐。这户人家里有一对夫妻，两个孩子和一个厨师，还有一只名叫奇奇的狗，他个子有一头小牛那么大，无论什么时候都在走廊上趴着。我躲在角落里，即使看到我，奇奇也拿我没办法。

留声机里传来的音乐欢快极了，或许我也应该爬出去好好听一听。但是我肚子饿了，我觉得我必须吃点东西。人类的饭点已经过了，现在到我的饭点了。我从容不迫地走向厨房，厨房里还有什么吃剩下的我就通通一扫而光。没有人会来这儿跟我争食，奇奇有他自己的那份食物。我只需要一小片饼，一小块肉就可以填饱肚子。

我走进厨房，哦，这个厨房太不一样了！方方正正的房间里，有高高的烟囱和一个严实的柜子，柜子里吊挂着几块牛肉，胡乱摆放着几个地瓜，柜子外面，地砖上、墙上都干净如洗，没有一样东西是可以放进嘴里吃的。我找到盛放淘米水的盆，盆里一滴水都没有，连垃圾桶的影子都不知道在哪儿。

我只好捂着饿瘪了的肚子爬回里屋，我喝了几口水，然后又到楼梯下的角落里睡着了。

第二天早上，我很早就醒了。我闻到了一股非常奇怪的味道，我使劲地张大鼻孔嗅，我的尖牙也露了出来，长长地吸了一口气，原来是牛肉炒洋葱的味道。牛肉炒洋葱的味道是香得无法描述的味道，能让人香到嗅觉失灵。我想立刻奔向厨房，但是突然看到奇奇的身影从楼梯边一闪而过，我赶紧站住。奇奇跑到了楼梯外，用两只前爪枕着头睡了。他挡住了我的去路，太可恶了，我叽里咕噜地咒骂他。后来我还是找到了另一条下楼梯的路，我看到厨师还在往小铁锅里挥舞着铲子炒肉。浓郁的香气弥漫在四周，我站在角落里用鼻子大口大口地吸气。我甚至想用眼睛，用耳朵来嗅这股香气。没过多久，厨师就把这道菜炒好了，他把牛肉倒进了一个大碟子，然后端到楼上的餐厅里。在端上楼之前，他把小铁锅放到外头的水龙头下，水龙头里的水哗哗地流。我没有跟着厨师到餐厅去，人家哪里是做菜给我下酒的呢？我怎么敢跟着厨师走进餐厅？以我的聪明才智，我知道我得在厨房原地等着，等到厨师把餐盘收回厨房，还剩哪块肉我再吃。于是我静静地站在那儿等着厨师回来。

他回来了，双手紧紧地端着餐盘。我高兴极了，差点兴奋得叫出声。但是餐盘里却是空的，就连仅剩的那一点点菜汁，厨师也伸长脖子舔干净了。然后他把餐盘洗干净，再放进橱柜里。

观察下来，在这个家里，只要是能吃的东西，他们都收进了食橱里锁起来。我没办法觅食了！这户人家没有米缸，没有鱼露坛子，不像别家一样有炊具。事实上，从小到大我也只知道我哥哥嫂子住的那户人家。

我又得再挨饿，我原本只是有点饿，但只是这个程度的饥饿就已经让我感到反胃、头晕眼花。肚子太饿，我又喝了一些水，然后继续睡觉，睡觉也是忘记饥饿的一种方法，但是实在是太饿了，我根本没办法闭上眼睛好好睡觉，只能直勾勾地干瞪眼。一直只喝水，我的胃里一阵阵绞痛。这样一直持续了三四天，我没吃到任何东西。

到了第四

天，我只好离开了那里。只可惜了这么宽敞、严实、光鲜的大房子。房子再好，没有吃的，也没办法再住下去。

　　我爬进沟里，慢吞吞地走着。可怜的我，只剩几口气了，怎么可能不慢吞吞地走呢？忍饥挨饿了四五天，我的肚子早就瘪了，露出了两排肋骨。我耳朵旁边的毛都掉了，露出了白花花的皮肤。走了好长一段距离，我刚停下来休息，就撞到了一个家伙。他和我差不多年纪，但是从头到脚都胖乎乎的。他问我：

　　"你去哪儿了，怎么这么半死不活的？"

　　我没回答，只用尾巴指向身后的两层小楼。他哈哈大笑起来：

　　"忍饥挨饿了好几天吧？"

　　我点点头。

　　"饿了多少天了？"

　　"四天。"

　　"看起来你是从别处来的吧？"

　　我点点头。

　　"难怪。在这一带，这栋房子无人不知，无人不晓，房子富丽堂皇，但是没有一点油水可以捞。"

　　"为什么会这样？"

　　"他们吃西餐呀！他们家里没有米，没有鱼露的，也就是说没有一样东西是我们可以偷的。我们老鼠住在那里只会饿死。"

　　"我没注意到……"

　　"应该多留个心眼嘛，你想想啊，那户人家的房子那么好，为什么我们鼠类没一个人住在那里？还能为什么呢？算了，我好心劝你两

句，从现在起，去找吃的别不要命地进那些富人家里，太危险了。"

突然，我整个人颤抖起来。

"怎么了？"

"没……什……么。"

"觉得忽冷忽热吗？"

"不……"

"哦，看来是太饿了，我给你拿点吃的。"

说完，他就跑开了。过了一会儿，他给我带来了半个香蕉，我埋头大口吃了起来，大概吃了三口就把它吃完了，吃了香蕉我不发抖了，说话也好多了。

"请问你叫什么名字？"

"他们都叫我胖鼠，因为我胖嘟嘟的。"

"这份恩情我永生难忘，希望有朝一日再和你相遇。"

胖鼠笑起来：

"没什么，兄弟间相互帮助是常事啦。"

我找到了一个新住处，这个地方和之前那个地方不一样，我已经知道要对那些高楼大厦敬而远之了。现在我找到了一条比较泥泞的小巷，我想，这个地方一定可以栖身了。我躲进了巷子里的一座房子。

那个地方的地势复杂，但是站着端详一会儿也能认得出路。这是个筒子楼，分成一个个单间，只有一条路进出，而且遍地垃圾。我来到后门，听到家家户户都有老鼠的叽叽声，我还看到食橱里伸出来好几条尾巴。太多老鼠了，看着就怕，想着这么多老鼠，应该没有我的容身之处了，但幸运的是，在这些房间当中还有一间没有老鼠的叫声，也没看到老鼠的身影，我走了进去。

果然是间空屋子，屋后隐隐约约传来几声老鼠的叫声。这么一来，我就知道这个地方是可以生活的，真是有趣，说起来要是费力走到其他地方也很累，不管怎么样就先在这里住下吧。

那天下午，下了一场大

雨，巷子里的积水就像洪水一样翻滚着。那时候正是雨季，在西贡，雨季常常会下这样的暴雨。雨大得仿佛有人拿了一盆水从头上浇下来，我们老鼠就这么趴着，眼睛时睁时闭，听着刷刷的雨声。虽然没有高尚的灵魂抱着一种趣味来欣赏这样的雨景，但是我觉得雨天确实是好睡觉的。我在雨声中沉沉地睡着了。

我突然睁开眼，不知从哪儿流下来的雨水打在我的背上。我还没来得及抬头，水就灌进了我的耳朵里。天啊，怎么会这样？我的四周全是茫茫的水。妈呀！闹洪灾了。昏暗的房子里什么都看不清，屋子正中央的床上传来一阵阵呼噜声，看来主人已经睡觉了。我不能继续待在这儿了，家里比较轻的东西比如拖鞋、扫帚已经开始在周围漂浮了。待在这儿只能淹死，我蜷起四肢，慢慢地向前游。冰冷的雨水浸湿了我整个身体，太冷了，我必须找个什么东西爬上去。四周都是水，雨水打在墙上泛起一阵阵波涛，发出像青蛙叫一样的声音。我还是没找到可以抓住的东西，我爬上一只拖鞋，但是拖鞋翻了，我又被打到水里。过了很久，我才爬上了一个木桌。

刚爬到上面，我就遇到了一只老鼠。虽然天色很暗，但是我的眼神很好，可以清楚地看到他。那只老鼠已到中年了，身子瘦得跟个竹竿似的，尾巴上的毛都掉光了。

我问：

"你住在这里吗？"

他说：

"对。"

"一个人住吗？"

"之前还有我妻子和孩子一起。"

"现在他们去哪儿了？"

"在这儿太饿了，他们去别的地方了。"

"这么艰苦你为什么还在这儿住呀？"

"没办法呀，我生病了，没法去太远的地方。你从哪儿来的？"

"我从那边来，可远了。"

"你来这儿过日子吗？"

"我是这么打算来着，你说在这儿生活过得很艰苦，这话怎么说？"

"你想要了解情况就在这儿多待一会儿，我现在太困了。"

说完，他就闭上眼睡了。我站了一会儿，转了一圈也趴下了，擦了擦身上的毛，让它变干一些。我不知什么时候也睡着了。

第二天早上，太阳刚刚从墙头上洒下光辉，屋里

的水已经干了，砖头上横七竖八地散落着孤零零的几只拖鞋。那只瘦弱的老鼠已经不知道上哪儿去了，我开始打量着这个屋子里的一切。

屋子里空荡荡的，屋子主人在清晨已经骑着自行车不知去哪儿了。在屋子中间有一个小床，旁边有一个紧锁的高高的柜子，紧挨着旁边是一个衣架子，墙上有一幅地图。门边的地上有个小小的桌子，上面放着一些零碎的东西和几双布鞋。整个屋子里只有这些东西，再也找不出其他东西了。没有一缸米，没有一瓶鱼露，就连灶神像都不完整。不知道这家人是怎么生活的，实在是太奇怪了。

我爬出草丛，在后门我看到那只瘦弱的老鼠正站着发呆，撅着嘴巴盯着屋后的水沟。他一边哭一边说：

"朋友啊，昨天晚上我失去了一位亲人，呜呜呜……我家的臊鼠小叔……呜呜……"

"他去哪了？"

"被淹死了，洪水灌进了家里，死了。"

臊鼠不会往高处爬，水一淹就死，那么大的洪水，臊鼠的死也确实合理。我劝那只瘦弱的老鼠节哀。

"人死不能复生，哭也没有用了。"

"从现在起只有我一个人在这个屋子里孤零零地生活了……"

"这不还有我嘛！"

他抬起眼看我，眼神里有一些吃惊：

"你心甘情愿在这儿住下？"

"我们俩认作兄弟，一起住在这儿吧。"

"在这儿生活太苦了。"

"没什么，我已经习惯了这种穷苦的生活了。现在你带我去找吃的吧，到点吃饭啦！"

他领着我往前走，他实在是太瘦了，一条后腿还瘸了。

"我天生就残疾了，正因为这样，我还有个绰号叫跛子老鼠。"

跛子老鼠一瘸一拐地带着我来到了一个小桌子前，叫我和他一起爬上桌面。我爬了上去，桌面上放着一个碟子，碟子里装了一个肥皂。我问：

"食物在哪？"

"那儿。"

"这个肥皂吗？"

"对啊。"

"妈呀！谁会吃肥皂啊！"

"这两年来，我只吃肥皂。"

"怪不得你瘦得跟一只鲍鱼一样。肥皂是用来洗衣服的，吃下去是会闹肚子的，说不定还会死掉呢！"

"吃久了就习惯了。再说了，这里就只有这个东西可以吃，我都不知道肉长什么样了。"

然后他就低头吃了一口肥皂，两只手扒了扒，嘴顶了顶，一点一点嚼了吃下去。我笑着对跛子老鼠说：

"你别再吃这么荒唐的食物了，待会儿我去找些米和肉来和你一起吃。"

但是他已经用这些呛鼻的肥皂填饱了肚子。

我去觅食，但是家里除了那块肥皂，什么食物都没有。我问：

"那这家的主人吃什么？"

"他们不在这儿吃，这里只是用来睡觉的。"

摸索不出可以吃的东西，我也只好吃那块肥皂。啃了一口肥皂入嘴，难吃不说——因为我太饿了——对跛子老鼠说了大话，我更多的是对他的羞愧。肥皂很苦，可是我还是吃掉了半块。看到这个景象，跛子老鼠害怕了，他说：

"完蛋了！你吃这么多，人类会发现的。"

"有什么好害怕的？"

"回头人类把肥皂收起来，我们俩就没吃的了。"

可是太饿了忍不住呀，我的食量是跛子老鼠的两倍。下午，尽管我很反胃，胃里不停地翻滚，可我还是没忍住又吃光了肥皂的一角。原本很大的一块肥皂，现在只剩下一颗槟榔那么大了。

跛子老鼠吓得脸都青了，从头到脚都在颤抖。

第二天早上，主人洗脸的时候看了一眼肥皂。他是个年轻人，在一家机械厂工作。他盯着肥皂上老鼠的脚印、牙印，皱着眉头嘟囔道：

"呵，这几只老鼠崽子！我得把肥皂放进柜子里才行。"

他立即把肥皂放进柜子里锁了起来。我听到了跛子老鼠在床板下生气的哭声，他一定很怨我。往常只有他一个人吃——他吃得又少——所以肥皂也没有消耗多少。我随随便便吃两顿就顶他十顿的饭量了。天啊，真是苦了这位残疾的大哥了。我又想办法安慰他，也是为了安慰自己，因为我现在也正面临吃得和跛子老鼠一样差的问题。旁边的各家各户住了很多老鼠，他们看起来也过得很清苦，有上顿没下顿的。因为这个村子的人似乎都是出去工作的人，很少有人在家吃饭。

我们开始忍饥挨饿，到了夜里，我听到跛子老鼠在咔咔地啃纸片。是我突然来到这儿连累了跛子老鼠。有一天夜里，我叫上跛子老鼠：

"跟着我走。"

"去哪？"

"找吃的。"

他连忙跟上我，来到了床底下，我看着那双鞋说：

"这些东西可以吃，这是皮做的，比纸片好吃。"

我啃起了鞋带，有些我直接吞进肚子，有些我吐出来给跛子老鼠吃。吃鞋带和吃泥土没什么不同，但我们还是一直啃，一直嚼。不过鞋带再怎么难吃，吃起来也比纸片有味道。我们就这样缓解了半天的饥饿。

但是，这一时之快可害惨了我们，这是我啃这寡味的鞋带时没想到的。第二天早上屋子主人醒了过来要去上班，穿上鞋要出门的时候发现断了一根鞋带。他皱起眉头嘟囔说："一定又是老鼠！"但他还是穿上了这双断了鞋带的鞋子，然后关上门，像往常一样骑着自行车去上班了。

待在家里，我们俩又饿了。因此，我们扯出了那双白色的布鞋，把其中一只的鞋帮子给啃坏了。

不幸的是，下午主人回来后立刻发现了。他大吼起来：

"又是老鼠！这老鼠真是烦人！"

然后他把两只鞋子都收进柜子里锁了起来，就完事了。

我们俩站在床板下面面相觑，我们知道，一旦这双"救星"鞋子被收起来，我们就再也没有可以缓解饥饿的食物了。


跛子老鼠又小声抽泣起来，我想冷静下来想个妙招，可是一个妙招都没想出来。在屋子主人把鞋子收起来之后的两天里，沉默就是我们俩的应对方法。后来我去向邻居求救，但是家家户户都很穷苦，自家孩子都还没解决温饱问题，哪来的余粮给我们救命呢？

我对跛子老鼠说：

"我们得离开这个屋子，去别的地方。天地间那么广阔，不应该只躲在这个屋子的角落里忍饥挨饿。"

跛子老鼠失落地说：

"你自己走就好啦。"

他托起残疾的那条腿，我鼓励他说：

"你也加油一起走嘛，只要你相信你可以走，你就一定可以走。我们今天下午就出发，要是拖到明天早上，就饿得走不动了。"

我又多鼓励了跛子老鼠几句，他耳根子软，最后也同意了。就在当天下午，我们出发了。

走了一段路之后，跛子老鼠开始唧唧歪歪地叫起来。因为他的脚疼得没办法继续走了，他哭了起来：

"饿死就饿死吧，我还是回去吧。我的脚那么疼，没办法再往前走了。"

跛子老鼠回去了，我站在那里注视着他弱小的身影直到再也看不见，我才继续往前走。从那以后，我们再也没有见过面。不知道他是怎么活下去的，又或者是只苟延残喘撑了几天。

我又历经了千辛万苦，经历了数不尽的穷困。有时候一连五顿都吃不上饭，有时甚至是两天，久而久之也习惯了，大家都是照着习惯来生活，而之所以

能够习惯，是因为我在经历各种艰难当中培养出来的品格，那就是坚持不懈。如果失去了恒心、感到灰心的话，我肯定早就为了解决温饱问题回去和我哥哥嫂子一起住了，但我没有这么做，相反，我大胆地往前走。说起一路上遇到的艰难困苦，三言两语根本说不完。

在我走过的这一段人生道路中，即使是这么一件小事，也足以让小朋友们感到震惊。那天，我睡在街头的一户人家里，不幸的是，我同时住到了一户全是小偷、强盗老鼠的家里。也就是说他们专门对人类的财物搞破坏，啃裤子、啃衣服，什么东西都拖走，什么东西都啃坏。他们甚至相互开玩笑说，从正在熟睡的人类的胸脯上跑过。当他们牙齿痒痒想要啃东西的时候，他们甚至会趁人类睡着的时候啃他们的脚。人类想尽一切办法剿灭他们，养猫、放毒饵、下圈套都没有用。只要一看到猫，老鼠们就逃跑了。但他们也不是永远离开，等到天下太平的时候，他们又像往常一样回来了。

我住下的那天晚上，正是人类要对这些老鼠们展开一场激烈的围剿战的时候。只听到轰轰烈烈的追打声，然后是老鼠的"吱吱"声。老鼠们在角落里被打，成群地跑到外面，人类的灯光追着他们照，巷子门全都紧紧闭着，情况十分危急。不过，只过了一会儿，这群机灵的老鼠们都灵活地逃之夭夭了，没有一只老鼠死在人类的鞭子和刀刃下。他们早就挖好了一个窟窿，即使大门紧锁，他们也能逃走。

我不知所措，十分慌张，人类的鞭子不停地打在我身旁，我以为这次我肯定会冤死在这里了。在混乱中，我听到旁边的门缝里传

来"吱吱"声，我迅速地跳了过去。

　　噜，一条铁鞭从我背上打下来。我感到一阵刺痛，我成功逃脱了，摔倒在门外。我赶紧爬起来，拼了命地跑，仿佛忘了我身上还有伤。过了很久我回头看，才知道我的尾巴被鞭子打断了一小截，鲜血直流。比疼痛更让我在意的是我的担心，这群没有善行的老鼠总是让我感怀。他们把别人的伤痛看成是一场恶作剧，因为他们也常常和死亡做游戏，习惯了。他们大呼道：

　　"我们今后给他取名叫'断尾鼠'。"

　　"吱吱吱！"

　　从那以后，我的绰号就叫"断尾鼠"，我微笑。我觉得有这么一个绰号也不错，也是一个纪念。那天晚上发生的灾难让我断了尾巴，我离开了那群不正经的老鼠，继续在那儿住下去总有一天会冤死的。

我在城市的暗沟里徘徊，这些沟渠又长又深，是大马路比不了的。我疲惫地在泥泞的沟渠里走着，但也正是因为在这肮脏泥泞的环境里前进，我找到了不少吃的，比如骨头、饼干，在一定程度上缓解了饥饿。

有一天，我找到了一个很好的住处，这是一个靠劳作生活的村子，附近有一些水潭和泥泞的沟渠。我对那些外墙装修华丽的房子有了畏惧，因此，我找到了一些住有老人和小孩的比较穷的人家。在这些地方才有水缸和食橱，才会有散落的米粒。

这个地方在我来之前，只有几只小老鼠住在这儿，生活过地安静从容。接待我的伙伴们都很热情，我很快就和他们亲密起来。他们给了我一坨冷饭当作见面礼，几个兄弟一起畅快地吃喝。

我的生活到了这个时候，也算是暂时平静了。

不仅生活平静，我还获得了声望。这个村子的老鼠比较少，只有五只。这五只老鼠都很善良，一直以来也不会惹事。我和他们相比更加活泼、聪明和健壮，因为这样，他们对我都很钦服。在初步接触后，他们知道，我至少算是个好汉。他们有意要把我选为村长，我只好告诉他们：

"别这么做，我初来乍到，所经历的还不值一提。我觉得还是大家互相团结友爱比较好。"

他们也把我的话听进去了，但是没有完全同意我的说法。他们坚决要把我选为大哥，也就是这群老鼠的头头。我只好同意了，从现在起，照西贡的说法我就是大哥了，而其他的老鼠们就按照顺序称呼二哥、三哥，直到小弟。六个兄弟一起住在宽敞的房子里，我们可以尽情去觅食，没有人发现我们。这屋子的主人并没有做出什么伤害我们的事，因为我们懂得守规矩。我们不会太过分得偷吃人类的东西，还不至于让人类喊打，我们只吃到刚刚够填饱肚子而已。这片地区人少，东西多，人们还不至于因为几口吃喝而苦恼。

我们像生活在蓬莱仙境里，日子一天天平静地过去了。

天啊，可以这么一直平静下去吗？但是生活并不像讲故事说到哪就是哪那么简单。

我不记得那是我到这儿多久之后的事了。老四慌里慌张地来报信：

"有个家伙到家里来了。"

"面熟吗？"

"没见过，他正在门槛外徘徊呢，外表看起来傻愣愣的。大哥，你去看看……"

我跑了出去，确实有只陌生的老鼠。那只老鼠跟我差不多年纪，个子也跟我差不多。不过他的嘴方方正正的，身上的毛短小稀疏，尾巴也比较短。我开口问他：

"你好，请问你上哪儿去？"

"我出去玩，迷路了才会走到这儿了。"

说完他用两只前爪抚了一下胡须，行了个礼。我们也郑重地向他回礼，并且称赞他懂礼、很儒雅。

十天后，我正在屋后啃几粒谷子，突然老三和老四神色慌张地跑过来说：

"警报！警报！"

"发生什么事了？"

"大哥！外面激烈地打起来了！"

"有多少个人？"

"两个。"

"别慌！"

"可是他们太强壮了。"

我急忙出去，到了那儿，只见那两只陌生的老鼠败下阵来跑远了。我们家里的三只老鼠打得太凶了，大汗淋漓。故事的前因后果是这样的：

那两只陌生的老鼠蹑手蹑脚地到家里来，他们和上次那只老鼠长得差不多，嘴巴方方正正的，毛发稀疏，短尾巴。他们只是外表儒雅罢了，实际上非常倨傲。我们问："你们去哪儿？"他们回答："去玩。"我们又问："去玩怎么会摸索到我们这儿来了？"他们伸长脖子说，这片土地哪儿都是老天的，他们想去哪儿都行。他们这荒谬的回答让我们一时语塞，于是双方就打了起来。那两只贼打不过我们三个兄弟便逃走了。

后来果然一大群老鼠就找上门来了，不是上次败下阵的那两只老鼠，而是他们种族多不胜数的老鼠大张旗鼓地来了。每只老鼠都长得一样，方嘴巴、短尾巴。他们冲进这条沟里，吵吵嚷嚷的，整群老鼠大概有十多只。有一只老鼠打头阵，大声地叫我们出来。我们出来了，我走在最前面。打头阵的那只老鼠刚摇头晃脑要开口说话，我就认出他是第一天装作迷路的那只方嘴巴老鼠。我先开口说了：

"你们无缘无故闯到我们几兄弟的地盘，还要惹事

打斗，真是大胆！不想死就赶紧

滚!"

　　"我们到这儿来不是想跟你们打斗,这里很宽敞,又凉快,让我们和你们一起住吧?"

　　我呵斥道:

　　"你们这些来历不明的家伙,马上给我滚,不然就让你们尝尝粉身碎骨的滋味!我们这儿不是难民棚。"

　　他们回答得也很猖狂:

　　"我们既然来了就不会走。"

　　我们大叫:

　　"滚!快滚!"

　　双方知道没法调停,互相也不甘让步。不仅如此,他们还一拥而上冲过来打我们,结果反被我们打了个落花流水。虽然我们人少,但是我们这方占了优势,往家里走的每一条小道都被我那五个兄弟拦住了,往外走,沟里全是乱七八糟的烂泥,走在里面像是被泥巴煨过一样。

　　不过他们果然是性格刚烈。我们凭借着狭小的门缝,只伸出半个头,抬起两只前脚就可以玩弄这群粗野的家伙,我们变得有些轻敌。凡事如果看得太平常不留个心眼,很容易吃大亏,我们就遇到了这样的情况。在那群老鼠里,有的老鼠很聪明,顺着沟边爬了过来,找到了两条沟之间的一个缝隙,我们一不留神被他们抄了后路。

　　我们败下阵来,又丢了离开沟渠的去路。这群强盗暂时有了容身之地,不过只能在沟渠里。到了饭点人们把泔水倒进沟

里的时候，他们从头到脚都得湿透，更别说老天下雨的时候，雨水灌满了沟渠，如果不离开那里肯定全部都会被淹死。我们祈盼着老天下雨，下一场大雨，然而晴空万里，一滴雨都没有。

　　虽然那时候是雨季，但老天爷不会因为我们的想法而下雨。一天下午，我正啃着玉米，突然听到沟里传来咯吱咯吱的声音，来了几个高矮不一的黑影。正是他们，但是他们没有像往常一样冲过来，他们躲在砖头后面对着我们喊话：

　　"出来我们谈谈。"

"……"

"让我们进去。"

我回答说：

"你们很聪明嘛，我知道你们为什么要进来，这几天天色阴沉，明天或者后天肯定会下一场大雨，下了大雨你们就会被冲进河里，全部淹死。"

我说到他们心里去了，话音未落，一只老鼠就说：

"不是因为天要下雨。"

我呵斥道：

"那就再打一架。"

这句话就是个导火索，我们冲了出去。

这一架打得吃紧，因为一方死死地守住，另一方则拼了命地进攻。

战斗越发地白热化了，我把一只老鼠打趴下了。因为受了伤，他没能再爬起来，只能躺在沟底呻吟。

我们几兄弟实在是不幸，老五、老六毛毛腾腾地被打趴下了，老六最后被打死了，老五不得已躺在地上装死才逃过一劫。我们边打边退，一直退守到了家门口，凭借着门缝进行防守。他们也停止了进攻，因为一旦进到家里我们就胜利了，何况他们已经把我们逼到家门口了。我们抱在一起，为战死沙场横尸野外的老六痛哭。

我说：

"别哭了，泪水没办法把敌人打败。"

我想到一个办法，出去了一会儿。小朋友们猜猜我去了哪儿？等到我回来的时候，四个兄弟欢呼起来迎接我。我大声喊：

"我回来了。"

这时候，一大群老鼠浩浩荡荡地来了，大家都认出了那是西边的邻居。

兄弟们奋勇极了，打算立刻冲出去再打一架。我拦下他们说：

"现在不要出去，等到夜深了我们出其不意地攻打，肯定能拿下他们。"

我们到了半夜才倾巢而出。我打算活捉几个敌人，但他们不愧是战场上精明干练的老手，我们刚出去，就听到几声大叫：

"有动静！有动静！"

这次的征讨在家中的床下，一点也不隐蔽。双方使尽全力打起来，再没办法依靠什么缝隙和墙壁来防守。半夜，屋子里寂静极了，人们都睡着了，只有墙壁上的挂钟还醒着。它滴答滴答地走着，仿佛在为我们的战争倒计时。时钟的嘀嗒声仿佛振奋人心的军鼓声，兄弟们更加奋勇了。敌方已经损失了好几个兵力，我们呐喊得更大声了。

但是夜里的这份安静却害惨了我们。因为太安静了，我们又动静太大，结果把人类吵醒了。在人类的床下闹闹腾腾地打架，怎么会不把他们吵醒呢？一个男子睁开眼细细聆听，起初他以为是小偷在撬门，后来他开口说：

"哦，是老鼠在跑。"

老鼠们在床板底下咯吱咯吱地跑，人类没能再睡着，他起身拿了一根棍子，把电灯打开，灯光刚亮起来，对战的双方立即就一哄而散了。直到上午，大家都不敢再出来打斗。

在之后的好几天里，床板底下又上演了许多场激烈的战争，闹哄哄的，但还是不分胜负。因为几乎每次双方打得正激烈的时候，都会有人类醒过来，打开

电灯拿上棍子。只需要一根棍子就可以把气势汹汹的对战打破。

有一天，家里隐隐约约传来了一个陌生的声音：

"喵……喵……喵……"

这家人带回来了一只猫，一只长相丑陋的猫。那只猫在屋里面来回踱步，两只眼睛像玻璃珠一样明亮。

"喵……喵……喵……"

我们慌里慌张地四下逃窜，在混乱中，我们敌对双方冲撞到了一起。我们朝街尾跑去，身后仍然隐隐约约地有"喵喵"的声音追来。我们拼了命地伸长脖子往前跑，那群方嘴巴短尾巴的老鼠比我们腿脚还快，不知道什么时候已经逃离了那只猫。我们来到街尾那座隐蔽的房子的时候，他们早就在里面了。这群老鼠把我们撵了出来，我们没法进到里面，只好到外面的树丛里落脚。

那天夜里，在草丛、树丛外，沿着紧贴房子的沟渠有一面倒塌的墙壁，整条街的老鼠都聚在墙角下召开了一次大会。这是一个生死攸关的会议，那群占着房子的无赖已经引起了整条街的老鼠的公愤。何况他们还惹得人类往家里带回了一只大猫。

大家都让我做主持人，我拒绝了大家的好意。有一只老鼠说：

"断尾鼠必须坐上这个位置，因为冲突最先发生在你家，你比在座的任何人都清楚事情的来龙去脉。"

"我们这条街这么多年来的生活都一片太平，从来没有发生过哪怕一次小小的争吵。突然间，不知从哪来了一群老鼠惹是生非。我们得团结在一起，把他们活捉回来问罪，才能有机会恢复从前的太平。"

在昏暗的夜幕下，几群老鼠一齐涌进了房区。我们安静地贴着地面前进，就像会爬的番薯一样在地上蠕动。隐约看到几个敌人鬼鬼祟祟地在里边跑，我们的围剿战就这么开始了。

我们人多势众，战斗没有遇到什么阻碍，我们很快占了上风。敌人死了好几个，他们惶恐极了，剩下的几只都三步并作五步地跑了。我们没有再追上去，也没有占领他们的根据地。我们兵将撤退，等到下一次再攻打他们，坚决要打击到他们的头领才罢休。

有一天夜里，我们又包围了那间房子，但是很奇怪，我们进到屋子里，搜遍了每一个角落却没有见到一只老鼠。只有几具老鼠的尸体横七竖八地躺在那里，臭气熏天。就在我们正吃惊的时候，突然听到门外有"吱吱"的叫声，然后一只老鼠跑了进来，我们大呼："就是他！就是他！"

我们还没来得及冲出去就听到恐怖的"喵！喵！喵！"的叫声，猫现身了，整个鼠群四下逃窜。

我知道大半夜的为什么这只猫能找到我们了，原来这也是那群方嘴巴、短尾巴老鼠的阴谋。他们知道我们一大群人来势汹汹，便派了一只老鼠去给猫报信。老鼠去找猫，还真是件奇怪的事，他忘了猫和老鼠间世世代代的仇恨，他是

在不要脸地杀害自己的同类。他算计得很谨慎，一看到猫就拼命地跑，猫立刻追上他，他跑向我们刚刚来到的这个地方，这和他把猫引来杀害我们没什么两样。

在这期间，死老鼠的臭味越来越浓了，这么一来，危险的鼠疫就开始发生了。

咚的一声，果然是这样。猫成了第一个患上鼠疫的，他哼哼唧唧地在地上呻吟、打滚，最后死掉了。

我对兄弟们说：

"得去把家鼠叫来把这几具尸体搬走，否则鼠疫会泛滥成灾的。"

兄弟们让我到几条街外去找家鼠，家鼠是鼠类里面体型最大、最健壮的分支，他们专门做搬运的活儿。

老天爷呀！没想到我出去找家鼠又逃过了一场大灾。

在家里，有一个人因为鼠疫死了，整条街的水沟、墙壁都被封起来了，所有的门缝也都用纸密封起来了，也就是说整条街没有可以出去的路了。那时候人们喷洒石灰来消毒，石灰飘来，老鼠一闻到后就会打喷嚏，在地上挣扎。人们对每条街道都进行消毒，石灰的毒气笼罩了整整一个月。

数不清的老鼠全都死了，只有我活了下来。

这件残酷的事就是因为那群可恶的老鼠引起的，在那之前我们在这儿平静地生活了那么久。

那天下午，站在阁楼上望着被毒气笼罩的街区，我哭了起来：

"此仇不共戴天，我一定会把这份仇恨铭记在心，那些方嘴巴、短尾巴的老鼠就是我们鼠家最大的仇敌。"

# 窥伺老鼠

家里没人的时候，猫和狗就成了霸主。狗分内的职能是到处巡逻，四处闻闻味道，还有把那些犯糊涂闯进家门口的人骂走。高兴的时候他也会扑进池塘里洗个澡，或者有人把砖头扔进水里再吹几声口哨，他就会兴奋地扑通一声跳进水里。在他从池塘里赶鸭回家的时候，这么捉弄他一两次还是会得逞的。狗比较小气，但他脾气很好，温顺，而且不记仇。

而猫呢，就很不一样了，他面无表情，像一位严肃的老师，身上穿着一身深色衣服。他有高贵长者的气质，无论何时都是一副正在思考的样子，仿佛在谋划着什么了不得的大事。要是叫他："喂，那个严肃鬼！"他就会摆出一副更加让人看不懂的神情。人不可貌相，谁能想到，这只猫并没我想象中的那么让人讨厌，他的本性也挺善良的。

今天，我就要给大家讲一只猫的故事，一只年轻的猫的故事。他生活在义都村的一间古色古香的瓦房里，和一只狗，一群鸡还有一群鹅住在一起。

他是一只长相比较难看的猫，像他这样的猫，村里人养的不少。他的毛发

很奇怪，米白色、灰色、暗黑色掺杂在一起。全身上下这三种颜色相间分布，又分布得很细密，组合成一种特别的颜色，有点像士兵们的毡子的颜色，只有肚皮上是一片软乎乎的白毛。这猫的毛色看起来很脏，全身黑黢黢的，但其实他干净着呢！他的毛发像泥土一样黯淡，但身上并没有粘上泥土；他身上灰蒙蒙的，像是盖了一层厨房的草木灰——厨房是猫最喜欢睡觉的地方——其实他丑陋的毛发上一点草木灰都没有。这只猫看起来很不好看，但要是上手摸一摸，那触感就像摸在丝绒上一样顺滑柔软。

猫的双眼浑圆，炯炯有神地瞪着，就像太阳光下的玻璃球。他没有嘴唇，不过他有红彤彤的小鼻子，就像十八岁妙龄少女的嘴唇一样美。但没有人喜欢猫咪的红鼻子，人们总说红鼻子的猫喜欢偷嘴。他的嘴角两边有两排僵直的胡须，看起来硬

　　得像是用钢丝做的。孩子们有时候会去逗

他，把他引下来然后用剪刀把他那两排胡子

剪个精光，但是用不了几天，几绺新的胡须又像往常

一样长出来了。

　　这只猫的起居也像人一样有规律，他常常在白天睡觉，他的睡姿柔和、伶

俐、随意，不知有多美，他的身子轻盈白净，就像被微风吹拂过的浅色木棉花。

　　白天要是猫醒着他也什么都不做，就只在那儿趴着。到了晚上夜色朦胧的

时候，他才会开始活动，在半夜三更来回踱步，就像巡夜人一样。

　　这只猫一副道貌岸然的样子，仿佛一位开始蓄起胡须的中年男子，慈和而

又凶恶。也就是说光看他的外表根本不知道他脑袋里在想些什么，也许他什么

也没想，只是一个时常喜欢瞎逛的家伙。没有人看起来一副愁眉苦脸的样子但

脑子里却什么想法都没有。

他坐在那儿，两只前腿伸直，后腿蜷缩地蹲坐着，双眼看向远方……时不时习惯性地抬脚挠挠嘴边，就像人伸手捋胡须一样。

转眼到了黄昏，这是个优雅而宁静的秋季黄昏，几缕金黄色的阳光轻轻地洒在墨绿色的槟榔树叶子上，旁边的屋子里回荡着悠悠的纺车声。马路上，放学归来的孩子们一边大叫着一边赛跑，听起来热闹极了，像是从远处传来的喧闹声。在村里的水井边上，人们在哗哗地打水，水瓢和井壁碰撞发出了清脆的声响。

现在已经过了下午，还没到晚餐时间，厨房里一片寂静。猫一会儿看看天，一会儿看看地，久了也有些无聊，于是他站起来，拱了拱背，伸展四肢，伸了个懒腰，然后走回了寂寥的家中。他缓慢、轻盈地前行，像一只小老虎。路过槟榔树下的时候，不知道他在想什么，突然蹦起来爬上了树，锋利的爪子抓了抓粗糙的白色树皮，然后又跳了下来，悠悠地继续前行，一如既往的那副道貌岸然的样子。猫常常有一些很突然的举动，出其不意地做出一些事，仿佛心里对一些突然想到的事感兴趣起来，但他常常是一副不开心的样子。

猫进屋呆呆地坐在灶台旁，把耳朵靠在像砖头那么大的灶神像上。猫时不时就会感到痒，然后必须要挠。

突然猫又安静地站了起来，他扬起头，两只薄薄的耳朵竖起来四下打探，好像是柴堆后面有什么东西碰撞的声音，但是走近了却又听不到任何声音了。猫回过头来，抬眼看了搭在黝黑的烟囱上的蜘蛛网，风一吹蜘蛛网就在厨房的尘埃中飘荡。

确实是有响动的，这一次猫缩起爪子，一步一步轻轻地走向柴堆。那堆柴火真是太烦人了，既碍眼又破坏森林，也就只对那些爱藏在里面的

家伙有好处了。

像猫就是一种不管在哪儿都没法无视任何小声响的生物。有时候猫整夜睡在这堆柴火上，这是老鼠们每天进出的地方。老鼠们着实是一群无名小卒，只要叼到一小粒米饭就会立马冲进柴堆品尝。

老鼠和猫是不共戴天的仇人，猫很恨老鼠，恨极了。在猫的臆想中，他相信猫类是全天下最厉害的物种，而那些老鼠，所有鼠类，只配献身给神圣的猫类做

奴隶。然而这些下贱的家伙一点都不识趣，总喜欢偷窃，多手多脚、盛气凌人地在灶神眼皮下捣逆，扰了灶神耳根的清静。

猫的两只耳朵微微一动，那是他在仔细听响动的样子。猫的耳朵极薄，几乎可以透过光，他的耳朵像小驴的耳朵一样是竖起来的，耳廓呈喇叭状敞开，怪不得他的听力那么好。

猫蜷起两只前脚，盯着那堆柴火，他清楚地看到一根细长的尾巴垂在一块木柴上，那正是老鼠的尾巴。猫躲到一边，把身子缩得细长。这时候猫看起来异

常像一只厉鬼，再也没有了往日的无精打采与和善。他跺了跺脚，随后意识到这样太冒失了，得等到老鼠尾巴再伸出来一些才行。

柴堆里又传来了一阵叽叽吱吱的声音，哦，原来是两只肥实的老鼠在打闹，他们都要到丧命的日子了，哪只老鼠敢在猫嘴里打秋千呢？

虽然很生气，但猫还是有足够的耐心等待最佳的时机。在柴堆里，那两只全然不知即将发生什么的老鼠还在开心地打闹。很多次他们几乎跑到了外面，伸出尖尖的嘴巴用鼻子四下里嗅嗅，每次就在猫打算出手捕捉他们的时候，他们又跑回去消失不见了，猫只好默默地继续坐下窥伺。

夜幕很快降临了，黑夜仿佛一个黑影从面前一闪而过。现在天已经全黑了，今夜是月圆之夜，月亮已经高高挂在墙头，淡淡的月光照在厨房的空地上。

家中，人们已经点燃油灯给孩子照明学习了。屋外传来孩子们到池塘边洗脚，穿着拖鞋走动的嗒嗒声。柴堆里的那两只老鼠看到天色已晚，似乎开始蠢蠢欲动想要外出活动了。

"那只常年生病的老不死猫，今晚肯定上哪儿逍遥去了，要是他在家，这时候肯定会在灶神边上咕咕地呻吟。我们俩出去玩一会儿或者带点吃的回来那该多好啊。"

于是两只老鼠露出头来打探，然后跑到了柴堆外面，一前一后跑向厨房，边跑边唧唧喳喳地争吵着。

这两个黑影实在是太小了，两个影子叠在一起还没成年人的大脚趾头大。那是两只鼷鼠，鼷鼠比钱鼠个头要小一些，但是更快、更灵活些。钱鼠的嘴巴很长，光是每天扛着这么个嘴就够累了，走到哪儿还要缩手缩脚的。稍微一有什么不妙的事发生就吓得赶紧屁滚尿流地尖叫着逃走。这样就算了，动作又慢，还不会爬墙、爬柱子，只会在原地转圈圈，着实是鼠类里面最低下的种类。即便如此，天下人还是喜欢他们，并不是喜欢他们臭熏熏的身体——不是有句讥讽的话叫"臭如钱鼠"嘛，人们只是喜欢他的叫声"吱吱……吱吱吱……"

老人们说："那是钱鼠在说'嘟嘟'，意思是'足足'。谁家有钱鼠常常'嘟嘟'地叫就是即将要发大财了。"

而眼前的这两只老鼠只是鼷鼠，他们的体型细小，嘴巴大小刚刚好。速度方面，要知道他们凭借着瘦小的体型可以像变戏法似的以迅雷不及掩耳之势跑得飞快。

乍一看到那两个小黑影正奋力跑出柴堆，猫不禁窃喜。但是马上又失望透顶。还以为是多大的老鼠呢，要是知道只是两只小鬼头，他刚才早就走了，用不着在这儿费工夫窥伺做这些无用功。猫也挺大度的，不过也是因为他原本就懒惰，不想花大功夫到头来只得到一些蝇头小利。

不过既然都潜伏等了那么久了，那就捉来玩玩吧，嘿嘿！想到这里，猫弓起身子做好准备，抬起爪子捉住了在眼前闹腾的那两个小黑影。只听见"吱！吱吱……"有一只老鼠逃脱了，另一只则被逮住了。猫咆哮着向老鼠示威、恐吓。那混账老鼠被猫紧紧地攥在坚硬而锋利的爪子下，昏厥过去，这场面就像被青蛙大王按住蟹壳的乡下螃蟹姑娘一样不堪。

猫把鼹鼠叼到厨房外就把他放到了地上。猫没想过要拿鼹鼠下酒，反而有点可怜鼹鼠，因为自己是盖世英雄一般的存在，岂有杀害弱小之理！放他们一条生路可比吃了他们好得多，根本不值一提。但是猫的本性邪恶，他虽然不吃鼹鼠，也没打算把他放走。鼹鼠身上的臭气让他想起老鼠肉有多好吃，也让他想起老鼠是十分可憎的一族。

猫把鼹鼠吐出来放到地上，然后坐在一旁盯着他。这可怜的小东西痛苦地蜷缩着，猫得意极了，用爪子玩弄着他。鼹鼠刚从不省人事的状态回过神来，苟延残喘着。猫安静下来，似乎在沉思着什么，没注意到鼹鼠正瞪着双眼看他，黄鳝般的小眼睛，透着绝顶的机灵。

突然鼹鼠一阵风似地往回跑，但是猫比他更快。猫抬起了爪子，又抓住了这小东西的颈背。老天哪！猫才踩了鼹鼠一脚，他就"吱……吱……"地叫了起来。

大概是因为鼹鼠刚才试图逃跑，猫想到了一个打发时间的游戏，他叼着鼹鼠来到了月光下，假意要把鼹鼠放在那儿，接着猫就不再有任何动作了。鼹鼠害吓得一动也不动，其实他是在观察猫，而猫也在观察他。一有机会鼹鼠就要溜之大吉了，而猫也在等鼹鼠做出行动，只要他一开逃，猫就立刻扑上去逮住他。猫耀武扬威，鼹鼠是不可能有机会逃出他的爪牙的。

确实如此，鼹鼠以为猫在愣神，踟蹰了一下就要逃跑，但尝试了十几次，没有哪次逃得过被抓回来的命运。每次鼹鼠一开跑，猫只要稍稍出手就能轻易地把鼹鼠捉回来。时间久了鼹鼠不禁精疲力竭，他跑得一次比一次慢，这游戏慢慢变得索然无味了。

就在那时，柴堆里突然传出了一些声响，其他老鼠又开始闹腾起来了。不知道他们是在互相打闹还是在玩狗仗人势的把戏，藏在柴堆里对着外头骂街。猫原打算扑上去一次把他们一窝端了，但又碍于手上还有个俘虏。事已至此，必须得骂他们一顿才行。猫连连低吼，仿佛下一秒就要冲进去和那群敌军来一场战斗。那群老鼠立马就安静下来了，但也还有一些响动。只要猫这头安静下来，老鼠那头就立马又"吱吱吱"地热闹起来，仿佛在辱骂猫。

一气之下，猫跳

了起来，那只原本在装死的鼹鼠就噌地一下跑了。猫心里一惊，赶紧伸出爪子逮他，只抓到了月光下鼹鼠映在地上的影子。猫的双眼瞪得像铜铃，炯炯有神，但还是没法在浓厚的夜色中找到那只小小的鼹鼠。

猫冲进柴堆里面，即使他冲得头破血流也没法捉到一只老鼠，那一阵阵讨厌的"吱吱"声还是萦绕在耳边，隐约可闻。

这只长相丑陋的猫，包括其他所有的猫，从来都不是有意要吃鼹鼠的。猫只是想捉这些小妖精来玩一玩消解烦闷，因为这些鼠辈太盛气凌人了，老是在厨房的角落里叽叽吱吱的，那角落是猫休息的地方。虽说有一些老鼠还算正派，没有吵得沸反盈天，但是猫生气起来还是会捉了鼹鼠，但是这灵活的小老鼠还是经常能逃脱。代代如此，鼹鼠这类妖魔鬼怪还是会在猫的耳边吵个不停。

那天，整个晚上猫都在找那只鼹鼠，那之后的几个夜晚他也没有放弃寻找，但还是像之前一样一无所获。

猫捉鼹鼠只是为了玩一会儿，鼹鼠却逃走了，这让他感到很不爽，甚至有点抑郁，于是他又去捉其他鼹鼠。鼠类总是会做一些令人头大的事，让人很不爽。

猫大概要把自己所有的青春年华都用在窥伺老鼠上吧！

# 一场沧海桑田的变化

那是众多斗鸡中的一条好汉——他们一生只身怀一技，那就是打斗供人们观赏。那只鸡威风极了，他的凛凛威风根本找不到足够的字眼可以描述详尽。哦，可以称之为《金云翘转》中的徐海，能够呼风唤雨，头顶天、脚立地的徐海。

"虬髯、巧嘴、娥眉，

肩五寸宽，身十尺高，

仪表堂堂的大英豪……"

那位大英豪封了王，也可以说自称为王，在这世上统治着一片园子。在园子的一角有一座鸡舍，还有一座住着家鸭、西洋鸭、鹅的圈舍以及一个鸽舍。大王只有一只眼睛，穿了一身黑中带紫红色的行装——他的羽毛黑亮，分布着红色的斑纹。这只斗鸡成了独眼是因为一次打斗中被石头打到了眼睛，从那以后，人们再也没有让他上场了，只养在院子里供人观赏。

　　斗鸡笔直地站着，两条坚硬而紧实的小腿宛若两根铁棒，上面覆盖着黄色的光亮的大鳞片，两条大腿结实健壮，青筋暴起。他的羽毛只长在翅膀、后背和尾巴上，还有肚子上稀稀拉拉地长着几撮卷毛，这些羽毛都被修剪得十分整齐利落。斗鸡满脸横肉，整个头有拳头那么大，粗大的脖子和两条大腿裸露着。他的皮肤是红色的，非常热情、暴烈的红，仿佛刷上了一层浓厚的红色油漆。他的脸上耷拉着鸡冠、耳朵，脸颊上长着深红色的毛，满脸通红，仿佛喝醉了酒的男子。一边的眼睛灰蒙蒙地瘪着，另一边的在通红的眼眶里眨巴。

　　斗鸡走在路上的时候，两只翅膀上下摆动，俨然一位对武术狂热的男子，时刻都在切磋拳脚。

　　一天早上，家禽们从鸡舍里急急忙忙跑出来，领头的是三只母鸡，身后跟着一只公西洋鸭、一群小西洋鸭还有几只母家鸭。此时斗鸡正站在鸡舍屋顶上，见状也跳了下来，他两只脚稳稳地踏在了地上。斗鸡不和其他家禽住在鸡舍里，他们太碍手碍脚了，因为斗鸡个子太高，头会触到鸡舍的屋顶，略微哈腰缩起脖子倒可以忍受，但是不可能让他跪下。

　　斗鸡环视了院子一周，扑扑地拍打了一下翅膀，伸直双腿，扯着嗓子挺着胸脯十分大声地叫了一阵："咕咕咕……咕……咕……"听起来像水流流进狭窄的壕沟的声音。

　　"咕咕咕……咕咕……咕……"

　　听到这声音，有几只母鸭怯生生的，双脚不知所措，他们侧着脸颊看向了天空，仿佛在打听着什么。有些母鸭惊慌害怕极了，嘎嘎嘎地大声叫了起来，仿佛在说："来人啊！嘎嘎嘎！救救我！"几只家鸡则装模作样，耀武扬威地站在竹子桩上晃动，但是眼神却四下躲闪，两条腿微微屈膝，等待时机逃窜，俨然就是一群纸老虎。

　　西洋鸭从古至今都被认为是胆儿肥的一类，什么时候都呆头呆脑的，听到了斗鸡的叫声后，母西洋鸭也一边不停地叫唤一边晃动着脖子，似乎在问同住在院子里的伙伴们："怎么了？怎么了？"

　　说到那几只小狗到院子里偷吃鸡食的场面才是最好笑的，听到那咯咯的斗鸡叫，他们不知道是有人在辱骂、呵斥，还是什么机器发出的巨大响声，那几个小

鬼抬起眼，夹着尾巴偷偷地四下逃窜了。

斗鸡的叫声才是最恐怖的嘛！谁能不害怕徐海呢？"咯咯咯……咯咯……咯咯……"

夏日里阳光灿烂的下午，园子里热到打蔫的树木得在火辣辣的太阳下暴晒。一片片巴掌那么大的丝瓜叶奔拉了下来，露出黄色的丝瓜花。深黑色的工蜂沙沙地扑打着翅膀，在柠檬树的枝叶中雀跃。

阳光灼热得够呛，狗趴在走廊上吐着长长的舌头喘气散热。西洋鸭和鹅则相约着到池塘里游泳，躲在绿油油的红薯叶旁。金粟兰叶子下，两三只母鸡正相互比赛刨土，时不时扇动几下翅膀。

然而那头有两个黄色的身影全然不在乎炽热的阳光和滚烫的地面，那是两只鸡：斗鸡和一只年长的母鸡。若是把斗鸡比作徐海，那么就要把这只母鸡比作遇到英雄的王翠翘了。经过了十五年的漂泊，王翠翘已经三十有余，而徐海也经历了无数场战斗，虽已形容枯槁但威风不减当年。

因此，即便是在那么猛烈的阳光下，他们也愿意受苦顶着大太阳站在池塘边的蓖麻下。母鸡抖开了羽毛，那羽毛就像洗碗用的稻草把子一样黯淡、稀疏不均，她扑棱了几下，然后竟眨了眨眼，抖了抖倒向一边脸颊的暗淡无光的鸡冠。

母鸡伸直了脖子看向了柑橘树下——那是斗鸡所在的地方。她张了张嘴，嘹亮地叫了一声然后声音慢慢低沉下来："咯咯咯咯咯……咯咯……哒……"仿佛想要利用自己的歌声吸引斗鸡的注意。

母鸡淋漓而感伤的叫声最后一个音节拖得很长，响彻了整个园子，使得站在那头的斗鸡仿佛有一瞬间的恍惚怅然，他抬起眼腼腆地看了母鸡一眼，然后一边咯咯地叫着一边走向了母鸡。

既然那边那位向自己走来，母鸡便表露出十足的女人味，见到了情人就不再唱歌。斗鸡想在母鸡面前表现出自己是个历经世事的老手，他张开两只翅膀，

低下头，用爪子刨土。斗鸡一边假装刨土一边咯咯地叫，做作地呼唤母鸡前来共餐。然而斗鸡的身子很重，两条腿又粗又长，当他摆出最好看的样子，用最坚韧的爪子刨土时，看起来其实呆若木鸡，十分忸怩。

母鸡还是端着架子，没有走上前来，就这么看着斗鸡使尽全身力气吸引她的注意力，同时用爪子、喙同他调情，又扑棱着翅膀。母鸡还是摆着高姿态置若罔闻，又开始大声地咯咯唱起来。

一直表露出和蔼、甜蜜的样子但却得不到母鸡的芳心，斗鸡生气极了，他昂起了头，斗鸡固有的粗野、暴躁的脾气一下子就上来了，他涨红了脸，笨手笨脚地跑到了母鸡面前，母鸡撒腿跑向了池塘边。

哎哟，这都什么人啊！这只母鸡装模作样一会儿也就罢了，她又跑到了柠檬树的背阴面，在那儿趴着等待情人的到来了。

每天早上这只年长的母鸡都会爬上鸡窝下蛋，每次下完蛋，她都会从鸡窝里冲到园子中间，咯咯哒咯咯哒地大声叫个不停。大概是想向众人夸耀自己下了一个蛋，这可是件很费功夫的事。

等到她下了九颗蛋后，就开始孵蛋了。母鸡孵起蛋来能废寝忘食，从早到晚都在鸡窝里卧着，只要附近稍有动静她就会咯咯大叫起来，并抖开翅膀上的羽毛，做好一边骂一边打斗的准备。

母鸡孵了整整二十一天的蛋，月亮从缺到圆再到缺，第二十一天公鸡打鸣的时候，就到了鸡蛋里的小鸡开始动弹、破壳而出感受阳光的时刻了。

半个月后，鸡舍四周就叽叽喳喳地多了一群小鸡，现在后院里可热闹了。又过了一段日子，九只小鸡的身上、翅膀上都长出了新的羽毛，渐渐地长得有模有样了。每只鸡长得都不一样：带斑点的、紫黑色的、深黄色的、白色的。也有遗传了母亲的浅黄色羽毛的，这是只杂交斗鸡。

有了这九只小鸡，现在园子里、院子里都成了幼稚园，整天充斥着小鸡们叽叽喳喳的叫声。小鸡们是要经常叫的，如果不大声地叽叽叫，那么喉咙就会长得细小。相互间推搡也要叫，吃东西也要叫，即使是母鸡趴下张开翅膀让小鸡们躲到怀里、钻到腋下、跳到背上玩耍时，他们也要叽叽喳喳地叫。

他们的母亲，实在是一位干练的女子。母鸡十分多情，但是该尽到养育、管教孩子的本分时，就俨然是一位慈母的典范了。母鸡常常跟在孩子们身边保护他们，从来不让他们离开自己半步。母鸡把她那一小撮

尾巴翘起来，抖开了脖子上的羽毛，摆出一副严苛而又泼辣的样子。但其实母鸡对孩子们是很温柔的，即使是挖到一颗觅菜种子，她也要把孩子们叫过来分给他们吃。一边看着孩子们进食，母鸡一边咯咯地叫，开心地说着话。然而只要一遇到失神的西洋鸭——西洋鸭常常心不在焉的，无论何时都大摇大摆地走着，走几步身子就晃到了一边。一遇到他，母鸡就会像绣眼鸟一样边跑边跳，把全身的羽毛都抖开，嘴里咯咯地叫，对西洋鸭用脚踢、用嘴啄，打得他睁不开眼，低下头拖着他的罗圈腿趵趵地跑开了。

母鸡一心扑在养育孩子上，全然忘了自己。这么一来，在专心照顾孩子的过程中，母鸡就瘦得皮包骨了。现在再也不能称母鸡是将近暮年仍花枝招展的江湖女侠了，得称她为一个村妇，一个辛勤养育子女，让孩子无忧无虑成长，还要一天伺候丈夫两顿酒的村妇。那些风花雪月母鸡非但不向往，反而还感到厌恶。每次有黄花姑娘喜洋洋地经过时，母鸡都不可开交地追赶、啄咬人家。

那么那只穿着"紫黑袍子"的斗鸡呢？算了算了，提这个浪子干吗。

五月末的一天，那几天天热得不得了，仿佛要把整个村子烤焦了一样。到了那天，早上太阳没像往常一样冉冉升起，天空中布满了乌云。不过不是预示着要下雨的那种厚积云，大片大片的乌云不知是从哪儿徐徐飘来的，横七竖八地布满了整片碧蓝色的天空。天太蓝了，云飘来又飘走，片片行云在天空中匆匆而过。竹林中起风了，风吹动竹叶的喧嚣声连绵不绝，就像秋末吹来的西北风的声音。西

北风从来都不会减弱，一阵阵疾风从很远的地方吹来，吹得稻田里波涛汹涌，西北风就跟着这一阵阵疾风而来。人们把这种风称为田间解暑风——它给地里耕种的人们带来了丝丝凉意。

这天，母鸡带着小鸡们挤过竹丛到田里玩耍。因为没有猛烈的太阳，所以母鸡和孩子们都沉迷于追蛤蟆、捉蚱蜢，直到傍晚才回家。回到鸡舍里，天下起了一场大雨，这么一场磅礴大雨一直下到了夜里才变小一些，但还是淅淅沥沥地

下到了第二天清晨才停。

第二天早上鸡舍门打开时，只见母鸡带着四只小鸡蹒跚地走了出来，往鸡舍里一看，五只小鸡横七竖八地蜷缩在那儿，不知什么时候已经死了。只是从早上到中午这段短短的时间里，四只存活的小鸡也跌倒在院子的各个角落里，嗉子渐渐僵硬起来。

阿勒大叫起来：

"一看就知道，是飑！是飑出现了！天气变化得太快了！那头菠萝村阿伯家的鸡也是这么猝死的。"

傍晚，我外公让阿勒在鸡舍门口，鸡群进出的楼梯上熏了一垛皂荚。在后院沉郁寂静的空气里，皂荚浓郁的气味夹在氤氲的黄昏里，使得鸡舍更是笼罩在一种冷清清的氛围中，就像一个染上季节性流感的村庄一样死气沉沉。

第二天早上，又有三只年轻的母鸡纷纷扑棱着翅膀死掉了。

一场翻天覆地的变化就这么发生了，原因只是因为一场急剧的气候变化。母鸡和其他家鸡已经害怕得不敢再把头伸出鸡舍外，夜幕降临，他们就睡在高高的竹子堆上。只有西洋鸭和家鸭——无论何时都是傻呵呵又健康的群体。斗鸡还昂然地站在鸡舍顶上，似乎是看到了四周的景象突然变得寂寥，斗鸡不再像以往一样张嘴咯咯咯地叫了。

这一派苍凉的景象远远不仅如此！

一天早上，斗鸡没有打鸣，这位武士无精打采地走着，垂着头，脖子上仿佛挂了沉甸甸的东

西。鸡从来不会生病，只会遭鸡瘟，看斗鸡这憔悴的样子，自然是染上鸡瘟了。他一定是被前两天死掉的那群鸡给传染的，斗鸡体格健壮，没有立刻病倒，不过也难逃一劫了。体格健壮也只能多撑一阵子，他无论如何近几天也是要撒手西去的了。

斗鸡已经无法进食了，只能喝一些水，他不停地喝水，他的嗉子也在慢慢变硬，到了下午已经完全变得坚硬，无法挤捏移动了。夜里，只听见斗鸡咯咯的叫声，仿佛是喉咙里卡住了什么，这声音尖锐而凛冽，听起来十分吓人。

第二天上午，斗鸡的鸡冠、小腿和肚子已经变成了灰紫色。斗鸡走了几步，他的脖子变得蜷曲，两边翅膀下垂，走起路来东倒西歪的，仿佛一个正在寻求毒品的瘾君子。他那两条刚劲的腿几乎已经无法支撑他庞大的身躯了，实在是太狼狈了。喂！斗鸡！喂！斗鸡！斗鸡只能勉强直勾勾地睁开一只眼无神地看着四周。他没法再别扭地蹬腿扑棱了，没法再咯咯咯地打鸣，也没法再咕咕地叫唤了。第二天，斗鸡已经没法站起来了，他瘫倒在一旁，尾巴上的羽毛披散着，垂着头。他变得很消瘦，曾经庞大的身躯如今瘦得只剩下皮包骨。到了下午，斗鸡就断气了，阿勒提着他的一边翅膀到很远的田里去扔掉了。呜呼！徐海就这么驾鹤西去了。

家鸡不敢靠近院子，左顾右盼一个人影都没看到，只有母鸡独自一人进进出出、发愣。

## 作者简介

　　苏怀（TÔ Ho à i）1900年出生，越南作家。原名阮申，河内义都人。他写了大量童话故事，如《懒猫》《蟋蟀冒险记》《螳螂勇士》等。他还写了不少反映少数民族战斗生活的作品，如《救国山》《西区》《西北的故事》等。他在1941年发表的童话《蟋蟀冒险记》，是越南最著名的儿童文学作品之一。苏怀在亲自经历了抗法战争之后，对于和平有了更深层的领悟，又对这则动物童话故事作了改写，在原来的基础上增加了许多情节，于1954年重新出版发行。

　　《蟋蟀冒险记》在越南广受青少年欢迎，出版过多种版本，累计销量达数百万册。他先后获得越南多种文学奖项，《蟋蟀冒险记》被翻译成20多种语言在全球发行。

## 绘图作者

　　谢辉龙，越南著名青年画家，曾荣获2006年越南全国美术一等奖，联合国亚洲太平洋文化机构2008年美术鼓励奖。他的插画笔法细腻而精致，深受读者喜爱！

苏怀童话作品集

# 螳螂勇士

【越】苏怀 Tô Hoài 著

【越】谢辉龙 Ta Huy Long 绘　林漪娜 译

团结出版社

# 目 录

## — CONTENTS —

1

# 螳螂勇士

M 有一天，一位螳螂妈妈带着一只小螳螂来到了玫瑰花丛中，那是螳螂妈妈在夏末刚生下的儿子。螳螂妈妈选了一根枝叶最茂盛的花枝，因为那时候已经是仲秋了，金黄色的阳光柔和地照射下来，草木开始枯零，叶子开始掉落，很多玫瑰枝叶已经枯黄。找到一根满意的枝叶后，螳螂妈妈让儿子在这里住下。

螳螂妈妈叮嘱儿子道：

"你就在这里住下，肚子饿了就吃这些新鲜的叶子，渴了就喝夜里沉滞下来的霜水。冬天快到了，妈妈得到河对岸找些够我们过冬的食物，你就在这里等妈妈，冬天一到妈妈就回来了。你还小，很多事情还不知道，千万别离开这里乱跑，也别乱交朋友，只需要吃饱、睡好等妈妈回家就好。记住妈妈的话哦！"

小螳螂回答道：

"我知道啦，妈妈。"

螳螂妈妈放心了，又重新叮嘱了一遍才出门。到了河对岸，寒冬腊月里所有草木都干枯凋零了。螳螂妈妈不得已只能往更远的地方去寻找过冬的食物，这样才能保证她和儿子度过寒冷的三个月。

然而小螳螂并不是个听话的孩子，螳螂妈妈刚出门一会儿他就偷偷笑起来，心想：

"我已经长大了，可是妈妈还把我当小孩子，真是搞笑。"

小螳螂从容不迫地站到枝头，看着四周的一切。他说他已经长大了，事实上并没有，这只是他自己的想法罢了。夏天刚出生，现在才到秋天，怎么可能就长大了呢？

他就是只幼年螳螂，两只绿色的翅膀还没长全，瘦弱无力，在树皮上连个小划痕都刮不出来。皮肤寡白寡白的，就像从小清瘦、单薄，不经风雨的读书人的皮肤一样。但是小螳螂并不这么认为，真是可惜了。

他认为世间的一切都是这样的：

"妈妈太谨小慎微了，每天都要教育我，对我管这管那的，没有什么比这更烦更啰嗦的了。再过不久我就会独立生活，我会挑最新鲜、细嫩的枝叶来吃，我会结交到世界各地的善良的朋友，人生在世有什么难的呢？"

生活没有困难？那是因为你螳螂还小，从呱呱坠地起就依靠在母亲怀里看着这个新鲜的世界，才会觉得世间的一切简单易得。小螳螂还小，哪里知道何为难，何为易，何为生活不易呢？有些人什么都不知道，却总认为自己什么都知道，小螳螂就是这些蠢货中的一员。

小螳螂站在玫瑰枝头看着周围的一切，太阳消失在草丛尽头，那时候已经是黄昏，草木都打蔫了。小螳螂嘀咕道："要在这里等上好几个月妈妈才回来，换作是谁都会无聊死啊。要不明早我到这附近逛逛，看看有没有什么好玩的？"

于是小螳螂就爬回窝，蜷起四肢，收起翅膀，低下头像往常一样睡了。

第二天一早，小螳螂真的出门去玩了。他真是太调皮了，把妈妈叮嘱的话全都抛在了脑后。不，他还没那么顽皮，因为出门前他在心中狡辩道：

"妈妈让我不要离开这根树枝，但是在一个地方待久了真是无聊透了，我就只在这附近遛遛弯，一会儿就回来，这也没什么，也算听了妈妈的话嘛！"

想到这里，小螳螂一蹦一跳爬下了树枝，颤颤悠悠地抖了抖翅膀飞出了玫瑰花丛。

小螳螂稳当地一步一步落在草坪上继续前进，每抬起脚他都要伸出两只翅膀，挥舞着来减少前进的阻碍。路边有一座房子，小螳螂便伸长脖子四处张望，想看看有没有人看到自己天下第一威武的走路姿态，然而并没有人看到。不过即使有人看到也只会无视他，只当他是一只螳螂幼崽。总有一天他会知道自己只是个小屁孩儿。但是谁要是把这些话说给小螳螂听，他肯定会大声反驳，一定会傲然地打一架再说，他实在是很激愤。

小螳螂正认真地往前走，却突然停下了，前面的草丛里有什么东西在动，他轻轻地抬脚，探头一看究竟。里边确实有东西，草木的叶子晃晃荡荡的。小螳螂心里正发毛，看到这奇怪的响动，心想：难不成有哪个小子要偷袭我？

小螳螂不禁一阵发虚，事实上他已经在发抖了，脚步有点发飘，两只脚已经不听使唤。但是他还有足够的胆子站在那里，他不需要害怕什么，因为他只要抬高脚冲出去就可以走个几里路。他的翅膀还不能飞太远，但是也够支撑他飞一小段距离的，没人可以追上他。再说了，他那两把锯子既锋利又坚硬，谁那么不长眼敢来惹他？除非那人的脑袋不想要了。

既然停了下来，小螳螂就想看看到底是什么东西在草丛里闹腾。草丛里探出了两条触须，哦！原来是蟋蟀大叔。也可能不是，因为蟋蟀的头是光滑的，怎么这颗脑袋是黑黢黢的像发了霉，这不是蟋蟀。他正慢慢地从草丛里探出头来，小螳螂定了定神仔细看。

"哦，原来是鬼蚱蜢啊！"

这确实是一只鬼蚱蜢，一只正在啃草的鬼蚱蜢，他的头尖得像土地公的帽子，身子长长的，也有四只脚，两只翅膀。整个身子都是灰褐色的，趴在土里简直和土融为一体，人眼根本难以辨别。这鬼蚱蜢看起来还挺善良的，怎么就被取了个鬼蚱蜢的名字呢？他冷丁丁地啃草，慢条斯理地嚼着。

但是小螳螂并不觉得鬼蚱蜢是个善类，他可凶了，看他那横眉立目的样子就知道了。还有他那两颗漆黑的门牙，长得太可怕了，就像随时会偷袭你一样，他肯定是又阴、又毒、又邪的。就现在的情况看，无论如何都要打一架了，打就打，螳螂没什么好怕的。但是螳螂觉得跟这么一个凶恶之辈打架要小心谨慎，一点都不能掉以轻心，既然这样，就得考虑得周全些了。而那边，鬼蚱蜢才把头抬起来，他的眉目、触须都流露出挑衅和恐吓。哼！他就是想打架！

螳螂迈开腿，一溜烟跑到了玫瑰枝头上。欸，他怕了吗？不，他不怕。他跑上玫瑰枝头的时候，边跑边嘀咕道：

"我今天放你一马，回家想个妙招，明天再来跟你决一死战。"

啊，原来是要回家想个谋略明天再打。

他可真小心谨慎呀！

当天晚上，螳螂霍霍地磨着他的剑，等待着明天的比武。

第二天一早，他就来到了老地方，鬼蚱蜢还在那儿。

"大胆！"螳螂率先开了口：

"你到底有没有跟人比过剑？你的剑呢？"

鬼蚱蜢反问道：

"你想对我做什么？"

螳螂气冲冲地说：

"做什么？做什么？"

说完他就跳起来劈了鬼蚱蜢几刀，鬼蚱蜢不禁哭爹喊娘地大叫起来。螳螂感到畅快极了，没想到自己才刚开始进攻就已经占了上风，于是又挥了几剑。他用剑砍，用牙咬，用脚踢，跳起来打。鬼蚱蜢抱着头，没有还手，但是实在受不了了，便大叫道：

"我的亲娘啊！"

嚯！嚯！哈！哈！嘿！嘿！

"我给您跪下了!"

"为何你一开始想要打我?"

"我什么时候想要打你了?"

"你知错了吗?!"

"是是,我知道错了,啊……啊……"

螳螂放开鬼蚱蜢,大喝道:

"给我跪下!"

鬼蚱蜢扑通一声跪下叩拜,螳螂更嚣张跋扈了:

"你知道我是谁吗?"

鬼蚱蜢战战兢兢地说:

"启禀大人,我知道您是螳螂大人。"

螳螂心中大快,笑着说:

"行了,既然你懂得归服,我就饶你一命,听明白了吗?"

"是。"

"从现在起我说什么你就得做什么。"

"是……"

"从现在开始你就是我的徒弟了。"

"是。"

螳螂得意地翘起两根触须。他确实太应该得意了,小小年纪就收服了年老的鬼蚱蜢,等今后长大了,也许就可以降服这世间所有的物种。

回到玫瑰枝头后他很骄横,抬起头望着天空,心里飘飘然的。自打出生以来,他还没这么快活过。

有一天螳螂大摇大摆地来到了鬼蚱蜢家的那片草地,鬼蚱蜢十分害怕,下跪叩拜,然后垂下触须安静地起身,一副服从的样子。

螳螂用自认为最威严的嗓音对鬼蚱蜢说：

"现在我说什么你就做什么！"

鬼蚱蜢瑟瑟发抖地答道：

"是，我从不敢违抗您的命令。"

螳螂摇头晃脑地说：

"嗯，那你给我竖起耳朵听好了，从现在开始，我不想再听到任何人叫我螳螂，就从你开始。"

他接着说：

"我是一位盖世英雄，'螳螂'是指虫，指的是那些无名小辈，与我这个英雄不相符。那么就把'螳'换成'大'，而'螂'听起来不是那么清雅，就换成'侠'！从现在起我的名字叫大侠！大侠！大侠！你听明白了吗？"

"是，明白了。"

"你现在叫我一声听听！"

"启禀螳……"

"哎！哎！怎么还螳？"

"启禀螂……"

"哎！哎！谁是螂？"

"启禀螳……螂……"

"哼！你就该被我斩首！"

"斩首……我的天啊！"

鬼蚱蜢的禀性愚钝、胆怯是出了名的，而他的慌张、糊涂也是无人能敌的，所以现在他傻站在那儿，从头到脚都在打颤。见状，螳螂清了清嗓子说道：

"听着，跟着我一起念，我是大侠！"

"我是……"

"大侠！"

"大侠。"

"你想死吗？"

"不不，我不想死，大侠！"

"行了，真是个蠢货，得时常默念记住才行。"

然后螳螂又大摇大摆地回到他的玫瑰枝头了。留下鬼蚱蜢在稻垛里，米粒大的双眼空洞、呆愣，一个人站在那儿苦思冥想，思索着霸道的"大侠"二字。

又是一天，螳螂又威风凛凛地来到了鬼蚱蜢家，人还没到，就用洪亮的嗓门大吼：

"喂！鬼蚱蜢！你在家吗？"

"小的在。"

"我叫什么名字？"

"启禀螳……呃，大……"

"大？"

"大侠！"

螳螂得意地点点头：

"下次回答得干脆点，听见了吗？我这次来有件事情要你去做，你知道鑫斯家在哪吧？"

"小的知道。"

"行了，因为我现在浑身是劲，我想要这片地区的所有人都知道我的大名，我要让他们都称我大侠。你现在就去鑫斯家告诉她，从现在起只要见到我，她就要跪下对我行礼并且尊称我为大侠，要说大侠好。"

"是。"

"马上去办，我现在就去蟑螂家告诉他这个新命令。"

于是螳螂和鬼蚱蜢每人去负责一件事了。螳螂来到了蟑螂家，他家不远，只要穿过几片草地就到了，在一扇窗户的缝隙里。

蟑螂还被天下人取了个绰号叫作"管蟑"，蟑螂怯懦胆小，可以说普天之下再也找不到比蟑螂更胆小的了，跟他们一比，鬼蚱蜢还算胆大的。

蟑螂通体深红色，光滑油亮，看起来大气又浮华。但其实在这美丽、干净的外表下，里面装着的却是肮脏和熏臭。蟑螂不过是徒有其表罢了，看起来肥而光鲜整洁，其实他整个就像猫头鹰一样臭，像鱼一样腥。他的身体分泌着肮脏的污秽物，像一辈子都没洗过澡，没碰过水一样。蟑螂这家伙远看谁都夸他是个美男，一旦靠近都会被他的肮脏程度吓到。

靠近蟑螂也不是一件易事，他可是"管蟑"，全天下最胆小的家伙，整天只会漫无目的地待在门口，呆呆地看着周围的一切，一旦哪里有什么大动静，他就会慌里慌张地逃回他那像细管子一样幽小的巢穴。正因如此，他才有"管蟑"的别称，也正是如此，才会有"胆小如蟑"的成语。

螳螂来到了窗户前，就在蟑螂家门口，他看到了蟑螂轻轻挥动的两根触须，于是用尽全身的力气大叫道：

"蟑螂！死蟑螂！"

只见两根触须默默地收回了洞里，里边隐隐约约传来冷清的回答：

"是谁在那儿？找我什么事？"

"我！螳螂！大侠！本大侠找你！"

这时候两根晃动的触须又缓缓出现，蟑螂伸出头往下看。蟑螂本来就胆小如鼠，遇到这样刁蛮的狼角色就会百般巴结——一般像螳螂这样胆小的生物就是爱吹捧讨好。

蟑螂赶紧抬高音量，殷勤地说：

"啊，原来是螳螂大哥啊，螳螂大哥最近……"

螳螂扇动着两只翅膀说：

"不不，我不许……"

"您不许啥？"

"从今往后我不许你再叫我螳螂。"

"哦……"

"不止是你，你不管遇到谁都要告诉他我已经有了新名字，我叫大侠，谁都得这么称呼我。"

"大侠？"

"对，大侠。你在想些什么？是想反对我还是怎么？"

"不不，我哪里敢瞎想，更不敢反对，您明察秋毫，千万别冤枉我呀。天哪！您的别称取得太妙了，从古至今能像您这样血性的人恐怕绝无仅有，您的别称和您的才华真是太相称了，您真是名副其实、顶天立地的男子汉，想必您的武艺已经有了很大的进步。"

螳螂听了兴致大发，对蟑螂说：

"我比试几招给你看看。"

螳螂舞起两只翅膀，踏着小碎步比试了一番。蟑螂边看边喝彩，螳螂比试结束后蟑螂说：

"您的招式简直就如行云流水啊，确实比以前进步了许多。不过还有一点我想斗胆向您指出。"

"什么？"

"您的才能、武艺自然已经是独一无二的了，您'大侠'的别称也十分配得上您的身份。但小的窃想，仅仅称您作'大侠'还远远不够，应该尊称您为'大侠武士’，这样才豪气非凡。"

"啊，‘大侠武士’，听起来还挺顺耳。"

"是，听起来就很威武，您也配得上让世世代代人尊称您为武士。"

螳螂哈哈大笑：

"你这脑子比那蠢得像蚊子一样的鬼蚱蜢灵光多了。"

螳螂话音刚落，鬼蚱蜢就不知从哪儿回来了。

他狼狈地跑着，一到螳螂面前就哭天抢地地打着滚。蟑螂预感到要有什么麻烦事发生，赶紧钻回洞穴里了。螳螂见状也有点慌张，但是定了定神看到只有鬼蚱蜢一个人的时候，就平静了下来。在螳螂反复地询问下鬼蚱蜢才慢慢停止了哭叫，撇着嘴说：

"大人，大人，我死定了！"

"怎么了？见着螽斯了吗？"

"她打断了我一只手啊。"

鬼蚱蜢站都站不稳了，确实是断了一只手。螳螂咬牙切齿道：

"谁竟敢打你？"

"正是螽斯。"

"谁？你说谁？螽斯竟敢如此大胆！"

"她还把我的两根触须也砍断了。"

螳螂停下脚步，大叫起来：

"该死的螽斯！这臭婆娘是谁都不放在眼里了吗？你把事情从头说来。"

鬼蚱蜢一五一十地说：

"我来到了螽斯家，她问我找她有什么事，我说是您让我来告诉她，从此以后要尊称您为大侠。她瞪大了眼睛责问我：‘谁是大侠？’我不敢贸然说出您以前的名字，她就生气了，狠狠地打了我几下。我迫不得已就说了，螽斯听完冷笑了几声，破口大骂起来，边骂边砍掉了我两根触须，又打断了我一只手，我苦苦哀求，她才肯放过我。她让我给您带口信，说她向您下了战书，她只称您为死螳螂。

哎哟,疼死我了。啊呀……哎哟……"

蟑螂听得直喘气,说道:

"我的天!她螽斯竟然敢直呼大侠武士的名字?武士您得揍她一顿让她知道您的厉害。"

螳螂吼道:

"对,没错。我要揍她一顿,不能纵容她这么没大没小。"

蟑螂继续怂恿:

"您应该现在就出发去找她,谁知道她飞扬跋扈地打了鬼虾蜢一顿,现在会不会因为后悔和害怕而逃跑了呢?"

螳螂一听觉得很有道理,拔腿飞也似的来到了螽斯家门口,螽斯正在草丛里埋头苦干,螳螂大声呵斥道:

"螽斯!"

螽斯探出头来说:

"哪个家伙那么放肆?"

螳螂咬牙说:

"我!大侠武士。"

螽斯看到螳螂后大叫:

"我说是谁呢,原来是你这个小毛孩,我可是你妈妈的朋友。上一次见到你不知是什么时候了,你还小得跟粒稻谷似的呢,现在都长这么大啦!"

螳螂充耳不闻,吼得更大声了:

"老太婆,你胡说什么呢?给老子闭嘴,先站起来让我抽几下,你打我徒弟可惹到我了。不仅如此,还拿我的称号开玩笑,你罪不可恕。"

螽斯跳起来,叱咤道:

"你这不知天高地厚的小毛孩!"

说完,她跳下来和螳螂扭打在了一起。哎!这螳螂小小年纪哪里知道什么,他才出生不到一年,怎么可能打得过身强体壮、翅膀锋利、牙齿坚硬的螽斯

呢? 风驰电掣间, 螳螂就被打得落花流水。看螳螂怪可怜, 螽斯就停下了手, 螳螂趁机挣扎着爬起来逃跑了。

螳螂逃回了蟑螂的洞里, 蟑螂赶忙上前询问, 螳螂编了个谎:

"我一到那儿, 那老太婆就一溜烟儿逃了。怎么叫唤她都没敢再探出头来, 一定是怕了。算啦, 这点仇不报也罢, 大丈夫要能学会无视这些尘芥小事。"

蟑螂吹捧道:

"我说得没错吧! 螽斯那老太婆也就能欺负鬼蚱蜢, 知道害怕大侠武士就对了, 谁都得对您心存畏惧。"

螳螂说了谎, 感到有点害臊。但要是说了实话自己的名声何在? 面子往哪儿放呀! 再说了, 自己又没有认输, 只是从战斗中脱身了而已。等哪天自己把武艺练得炉火纯青了再报仇也不晚。

想到这里螳螂就安心了，于是就返回了玫瑰枝头的家。

如今，蟋蟀、蝼蛄刚四处游历回来，所有的动物都热烈欢迎他们回家。蟋蟀兄弟的名声像波浪一样传遍了四方，所有地方都在流传蟋蟀游历途中所立下的伟大功劳。那些传言，就连住在草地边缘偏远的玫瑰枝头上的螳螂都听说了。听着人们对蟋蟀的高度评价，螳螂难受了一整天。他想："改天我也去游历，去冒险，妈妈总觉得我太小了，我得要求自己住才有机会出去玩，总是和妈妈住在一起太束缚了。"

平常螳螂还会去鬼蚱蜢或者蟑螂家玩，他比较喜欢去蟑螂家，因为鬼蚱蜢性子愚钝，话又少，而且自从他被螽斯打断了手之后似乎变得聋哑了。谁问都不说话，问什么都像没听到，谁叫他都不回答，什么时候都是一副怔怔的样子，只有蟑螂还像往常一样多嘴。

有一次，蟑螂问螳螂说：

"武士，您有听说过那些传言吗？"

"关于蟋蟀的传言呗！"

"对啊，武士您也像蟋蟀一样有锋利的前臂，有强壮的翅膀，有四只脚的宗族，又有一身蟋蟀没法比的武才，为什么您不去游历一番呢？"

螳螂回答：

"我也是这么想的，不过我现在人生才刚刚开始，得等到这个冬季结束，我母亲从河对岸回来，我请示一番再去游荡江湖。虽然我还没出发，但是我敢说，如果我去游历，今后创下的丰功伟绩一定值得载入史册。"

蟑螂连连点头说：

"对，对，武士所言极是，到时候武士的才艺将会煊赫四方，您的名声一定会轰动天下。正是要为以后的名声着想，您现在就应该做点什么。蟋蟀刚刚游历回来，您应该紧随其后，千万别错过了好时机。"

　　螳螂听着蟑螂不知从哪里得出的推论，不禁感到叹服。于是便下了去江湖冒险的决心。唯一感到为难的是母亲还没回家，没法跟母亲道别。螳螂将自己的难处告诉了蟑螂，蟑螂微微一笑说道：

　　"武士真是位孝子，但是您大可以追随您母亲的脚步往河对岸去，若是在路上遇到母亲，直接道别不是更好吗？"

　　"没错，没错。我就应该这么做，我这就上路。"

　　就在螳螂沉迷于蟑螂过度的吹捧中时，蟑螂轻易地把螳螂这个妄自尊大的家伙从自己身边请走了。

　　但是螳螂哪里知道！他听着这些阿谀的话，已然把母亲那句"你就乖乖在玫瑰枝头等我回来"的叮嘱忘到脑后了。现在他满脑子都只装着外出的想法。

　　螳螂来到鬼蚱蜢家，把自己这个即将到来的伟大行程告诉他。鬼蚱蜢也说：

　　"您是条好汉，太应该去游历了。"

　　螳螂告诉鬼蚱蜢：

　　"蟋蟀出去游历的时候是和蝼蛄一起结伴的，我也想有人同行。"

　　鬼蚱蜢战战兢兢地说：

　　"我的前臂没了，也就没了利剑，这辈子算是残疾了，只能待在家里了，我不能追随您去游历了，对不起。"

　　螳螂又来到了蟑螂家，说道：

　　"蟋蟀出去游历的时候是和蝼蛄一起结伴的，我也想有人同行。"

　　蟑螂回答：

　　"回武士，能够追随您游历确实是小人的荣幸，但是我生来就不是出远门的料，我的身体太差了。我的翅膀不够有力，也没有锋利的前臂可以护身，怕是赶一天的路我就会精疲力竭而死。我只是生活在屋前屋后的'管蟑'罢了，跟您上路这件事，小的怕是不能从命。"

螳螂回了家，第二天就向鬼蚱蜢和蟑螂宣布说：

"我决定一个人上路。蟋蟀去游历有蝼蛄陪着才有名有声地回来。我一个人上路，将来说起来肯定比蟋蟀更厉害。"

"对，说得是。"

"大侠上路万岁！"

"大侠武士上路万岁！"

第二天，螳螂勇士，也就是大侠武士就上路游历了。

谁又能知道蟑螂和鬼蚱蜢欢呼万岁的时候他们俩心里的偷笑呢？等螳螂走远了，他们不禁击掌欢呼，蟑螂说道：

"我让你去，我让你去了死无全尸。你喜欢听奉承的话那你就死定了，你以为自己厉害得不得了，我只可惜自己没有锋利的前臂，不然一定跟你大干一架！"

鬼蚱蜢轻轻感叹：

"要不是因为他我也不会被蟊斯打断一只手，我祈祷他在路上也遇到一个凶悍的家伙，把他的两只手卸了，这样我才好受点。"

这两个卑鄙的家伙相约着去吃顿好的庆祝了。而那头，稚嫩的小螳螂还不知道自己的两个徒弟只是在阿谀奉承，对自己的敬畏也是装出来的。

螳螂急匆匆地上路了。

他只顾着怡然自得，完全没有想起母亲出门前的叮嘱，也全然忘了自己被螽斯暴打的事，满脑子只有蟑螂说的那些话：

"我只要沿着西边走就会遇到妈妈了，她见到我一定会很惊讶，但是我会把一切都告诉她的。天啊！要是妈妈知道她的儿子是这么一个英才，她该有多自豪啊！"

出去游历时经过螽斯家门口，螳螂突然想起上次被打的事，为了不被螽斯发现自己路过这里，螳螂左顾右盼地偷偷观察了一阵就赶紧"噌"地一下跑过去了。螳螂很怕螽斯，但是为了掩饰自己的害怕，他又吹嘘说道："我暂时先放过那个老太婆，等哪天我武艺高强、声名大震之后，我会狠狠地修理她一顿。"

螳螂又满面春风地继续上路了。

路两旁的景色实在是太美了，锦绣一般的溪流仿佛洋溢着春色，美得像幅画。枝头上莺声燕语，山壑间流水潺潺，田野上风声呼呼，眼前的一切都和谐地交融在一起，俨然奏出了一首雄壮的乐曲。

眼前的景色的确很美，但是螳螂只赶了一天的路就已无心欣赏这些美景了。

为什么呢？因为他本就体弱，也没出过远门，这么连续赶路整条腿都要断了，脖子、脚底板、腿、背都很酸痛，仿佛整个人都要散架了。那些出过远门、体验过长途劳苦的人才能体会到那一刻螳螂的苦楚和烦闷。

这世上有谁去旅行会害怕腿酸呢？

但是螳螂的腿真的太酸了，他太累了，他不过是在想象中兴致飞扬罢了，现在亲自体验才知道什么叫行走江湖不容易。

螳螂歇息了整整两天，身上的疼痛才有所缓解，但也仅仅是缓解而已。他要是继续往前爬就没有食物可以吃了，因为现在已是冬天，各处的草木全都干枯了。螳螂憔悴地往前走着，真是活受罪啊，没人逼他上路，只是他自己耳软心活，太轻易听信别人的吹捧罢了，但是现在回去的话被鬼蚱蜢和蟑螂知道了岂不是很尴尬！

第二天，螳螂正步履蹒跚地往前走——再也没有了往日的开心快乐。这时候他突然听到面前有声响，他抬头看到了一只从没见过的动物。

面前这个奇怪的庞然大物就像一块石头，油亮漆黑，就连两根触须都是黑色的，只有眼睛两旁有两个小白点。乍一看根本没法分清哪里是头，哪里是尾，因为他全身上下都圆滚滚的，尤其是在螳螂眼里，更是怪得离奇，从小到大螳螂还没见过这么奇怪的动物。其实这位仁兄只不过平时喜欢栖息在椰子树、槟榔树上"咕咕……咕咕"地叫，所以人们叫他"咕咕虫"。他那两只黑色的眼睛镶嵌在漆黑的身子里，看起来十分犀利。螳螂才窸窸地靠近，咕咕虫就看到他了，问道：

"喂，你来这里做什么？"

螳螂努力摆出强势的样子：

"我是大侠！大侠武士！我要去……"

咕咕虫吃惊地说：

"你的名字是大侠？你还是个武士？"

螳螂得意地仰起头：

"没错，你已经听说过我的大名了？"

咕咕虫笑起来：

"哈哈！你个小不点！你的名字不是螳螂嘛！而且你怎么敢在自己名字后面加上'武士'两个字？不怕被人打死啊？"

"搞笑，谁能打得过我，我是武……"

咕咕虫笑得更欢了：

"看我不把你的头拧下来，不过大侠武士小不点，在跟武士您决斗之前我先问一下，你这是要上哪去？"

"我去游历冒险，走蟋蟀走过的路。"

"哦哟！真带劲，还模仿蟋蟀先生！说说你走多久了？"

"已经越过了不知多少山岭了，记不清了。"

看咕咕虫问这问那的，螳螂感觉他也资质平平，连忙操起一副冲劲，不耐烦地呵斥道：

"你凭什么对我问这问那的？是想跟我打一架吗？"

咕咕虫哈哈大笑：

"我说过了我会打你嘛，别急，不过我现在看你可怜，又不想打你了。"

"你想怎样！贱骨头！"

"……不过我倒是要让你开开眼，开完眼之后要是还想活着，还想变得更好的话就赶紧乖乖回到你妈妈身边。"

说完咕咕虫就揪着螳螂的后背，张开翅膀飞到附近一棵椰子树的顶上。螳螂害怕极了，手脚不敢乱动，双眼紧闭，四周的风在耳边呼呼地吹。咕咕虫停在椰子树顶对螳螂说：

"你现在敢睁开眼睛

吗? 敢睁开的话和我一起往下看。你赶了多久的路, 跨过了多少山岭, 喝过多少眼泉水, 都不及我扇几下翅膀, 我飞到高处就可以看到你的家乡。对你来说很吃力的事, 对我来说不过像尘土、碎石一样微不足道, 知道了吗? 你要知道, 这个世界上最不缺的就是比你厉害千百倍的人。"

咕咕虫把螳螂放回地面, 螳螂赶忙往回跑, 头都不敢回。

螳螂回到玫瑰枝头的时候, 妈妈还没有回来。他吧唧一下趴在玫瑰枝头, 再也不敢随便跑出去了, 对之前的事还心有余悸。

过了十来天妈妈就回来了, 螳螂喜出望外, 扑向妈妈的怀抱。从那以后, 母子俩又生活在了一起, 螳螂妈妈带着螳螂搬到了一个更加安全、温暖的地方, 她从河对岸带回来的粮食也足够母子俩过冬了。

有一天, 天气晴朗, 冬天的太阳光都是温暖、柔和的。母子俩到外面晒太阳, 在愉快的交谈中螳螂告诉妈妈:

"妈妈, 你去河对岸的那段时间里, 我在家做了很多了不起的事呢! "

"说给妈妈听听! "

"我打败了鬼蚱蜢, 他认我做师父。"

螳螂妈妈微笑道:

"我还以为你打了谁呢! 鬼蚱蜢这家伙, 平时不用打他就已经怕了, 你做了一件多余而且过分的事。"

螳螂垂头丧气地继续说道:

"我还打了蟑螂一顿呢! "

螳螂妈妈大笑起来:

"还以为是谁呢, 蟑螂可是什么时候都胆小, 对谁都畏惧, 你又做了一件多余而且恶毒的事。"

螳螂听了更加难过了, 没再继续炫耀什么, 沉默地看着树叶上斑驳的阳光。

螳螂妈妈又继续说道:

"你还去和鑫斯打架, 逼她叫你大侠武士, 于是她把你狠狠揍了一顿, 你

20

不得不逃回来，但是你还是没能改掉骄傲自大的毛病。因此你听说蟋蟀先生去冒险的传言之后，也嚷嚷着要去，完全忘了我叮嘱你的话。你上路之后还遇到了咕咕虫，你还威胁了人家。咕咕虫提着你的领子飞到了椰子树上，直到这时候你才懂得害怕，才懂得改掉自大的毛病，也才知道这世界上凡事都没想象的那么简单容易，最后你跑回了家。这些才是我不在家的这段时间里你做过的事，对不对？孩子啊，螽斯婆婆要是真想打你，你早就死了；咕咕虫要是从树顶上把你扔下来，你早就粉身碎骨了，他们是对你疼爱才会这么包容你。"

就在螳螂妈妈说这些话的时候，螳螂羞愧地低下了头，止不住地流下了两行泪水。啊，自负的螳螂终于知道悔过了。

# 文鸟夫妇

I 不久前，有位不速之客闯进了这个园子。此前麻雀还一如既往骄傲地站在屋顶叽叽喳喳叫个不停，一副神气的样子，一如他担心的那样，会有哪位不速之客来到这个园子里探索、寻找安身之处，这一天果然到来了。有两只文鸟最近总是时不时到这园子里，他们不厌其烦地从柚子树飞到杨桃树上，再飞到黄皮树上。麻雀焦虑不安地站在房屋顶上怅然地看着他们，不停地叫唤来表示自己的嫌憎和不满。现在已经是初冬了，田里的稻谷变得金黄（译者注：越南部分地区山地种植的粳稻1—2月耕地，4—5月种植，10—11月成熟收割），沉甸甸的稻穗上稻谷饱满而新鲜，压得稻子弯下了腰。一望无垠的金黄稻田从义都村一直绵延到富家村的竹篱下。

随着丰收季节的到来，田野里到处是成群的文鸟。那两只迷迷糊糊就闯进园子的文鸟是一对年轻的雌鸟和雄鸟，他们大概是对新婚夫妇。要说起来，那对文鸟就像一对刚进城的乡村夫妇，他们在院子里表现得迷茫、不知所措——特别土气！他们是文鸟科里正宗的一类，被称为高山文鸟。他们个头矮小，体型没淡色文鸟大，比麻雀还小，看起来只有麻雀的一半大，大概只有一颗饱满的菠萝蜜种子那么大，还有一小撮尾巴。褐色的双眼神情呆滞，又短又粗的喙长在两只像两颗灰褐色小石头一般的眼睛前。他们的羽毛是棕色的，光洁柔软，双脚和

喙一样,是灰黑色的。

在文鸟身上可以看到田间劳作人的影子——不够利落,但是很有耐心,一年到头都在劳苦奔波。

一天早上,文鸟夫妇不知从哪回来,停落在了柚树上,他们小声地叽叽喳喳叫着。屋顶上的麻雀侧耳就听到了嘈杂的叫声,看起来他正打算斥骂哪个不长眼的闯进了园子,但是他也就是逞一时口快,并不敢到文鸟夫妇面前撒气。

文鸟夫妇很是恬然,完全没有在意那些小气的事。雄文鸟侧过头看到了黄皮树,跺了跺脚就跳过去了,他的身体轻快得像一片落叶,很快就落到了树梢上，没有发出任何响动。雌文鸟跟着丈夫飞了过去，她飞行的样子要笨拙一些，两只翅膀沙沙地拍打着，因为雌文鸟体型要稍微丰盈一些。不知道雌文鸟有没有生过孩子，她看起来不是很有精神，面容疲倦，肚子上的羽毛白不吡咧的，胸部和颈部的羽毛也不像雄文鸟那样光洁黑亮。一些从年轻时就不注意衣着打扮的妇女，到了这个年纪更不会想着要去打扮自己了。

雄文鸟飞到黄皮树上，黄皮树不高，但枝叶繁茂，对于一只个子矮小的文鸟来说，这棵树已经够高了。雌文鸟围着这棵树搜寻着，仿佛想要找到些什么，又或许他们要在茂密的黄皮树叶里藏些什么东西。文鸟类们是不擅长安家的，这儿哪有金黄的稻谷呢？这不，夫妇俩又飞到了山竹树枝头，他们偏着头看了看，天高地广，噌地一下，夫妇俩又双双飞走了。

人们看到文鸟夫妇停在了村头那间稻草房顶上，那里的稻草已经发白，而且破烂不堪。雌文鸟张嘴啄了啄稻秆，雄文鸟再翘起屁股把稻秆扯出来，然后就抓着稻秆飞走了，雌鸟紧随其后。他们飞回黄皮树上，黄皮树就种在院子前面，旁边是一个小水塘，一些枯叶落下，铺满了地面。雄文鸟把稻秆放到了最高、最茂密的黄皮树枝上，然后他们又飞走了。雌文鸟跟着雄文鸟，夫妇俩一前一后又来到稻草房顶衔稻草，雌文鸟负责鹐啄稻秆，雄文鸟负责扯稻秆。不管是长的还是短的，雄文鸟都不厌其烦地耐心整理好，待会儿再带回黄皮树枝头。这样的工作不缓不急地进行了一整天，就像人们经纱一样。

大概过了三天，麻雀经过黄皮树时就看到里头岿然出现了一团杂乱的稻草，形状仿佛一把洗碗刷。哦，原来是文鸟夫妇要在这里寓居住下了，他们正建房子呢！

所有的建造工序，文鸟夫妇都亲力亲为，雄文鸟不停地往黄皮树枝上衔泥，他把窝建造得十分巧妙、利索、整洁。与此同时，雌文鸟只需负责鹐啄稻秆和悠然地跟着丈夫来回飞，偶尔她也轻轻地哼唱，仿佛在给丈夫加油或是说俏皮话逗丈夫笑。也不知道雄文鸟觉不觉得好笑，他还是一如既往地埋头苦干。

雄文鸟铺了一层稻草做新房的地基，然后从槟榔树的叶鞘或是椰子树的

24

叶鞘上取一些细小的茎丝。衔茎丝的工作仍然由吃苦耐劳的雄文鸟来完成，他把茎丝衔回黄皮树枝头，织成精美的带子环在稻草里面，建成一个圆形的巢。

劳累了三天之后，温馨的小巢终于有些样子了。

雄文鸟去寻找枯树叶，不知道他怎么找到的，他带回来一把鹊肾树的叶子，严严实实地堆在巢周围，每一趟他都会带回来大概两三片小叶子。

有一次，文鸟夫妇双双从篱笆外飞回园子，刚在黄皮树上落脚，雄文鸟就慌张地散落了几片叶子，急躁地径直飞到了田野外，雌文鸟也气急败坏地跟着飞走了。

还以为有什么大事呢！黄皮树下熙熙攘攘全是人，整个院子里都堆满了一束束金黄的稻谷，人们在那儿放了一个漏底石磨，用两根竹竿夹住饱满的稻穗，然后一下一下地往石磨上捶打，稻谷散落得到处都是。他们一边干活一边有说有笑，男男女女好不快活。看到这个场景，文鸟夫妇吓得魂都没了，再也不敢靠近。不过那天下午夫妇俩又飞了回来，但是院子里还是混乱嘈杂的样子，还有人在那儿，于是他们又急急忙忙飞走了。第二天上午，雄文鸟又回来了，嘴里小心地衔着泥土，但是人们还是在那儿噔噔地比赛砸稻谷。雄文鸟只好放弃了，留下几片枯叶缓缓飘到地面。

人们在院子里给稻谷脱粒，麻雀则不紧不慢地飞下来捡那些散落在院子四周的谷子吃，四下里没看到文鸟夫妇的影子，他似乎十分舒心。


一阵风吹过，吹得黄皮树的细枝乱摆。那个荒废的鸟巢再也没有哪只鸟留意过，附近的稻田都已经耕好并施了肥，做好了播种前的准备，人们渐渐地也开始忙起播种了。而那个鸟巢仍然只像一团孩子们过家家放上去的杂物和尘土，那两只胆小怕人的文鸟早已放弃了正在建设的温馨小巢，这个鸟巢已经快飘零散落了。

田里收获的工作已经完成，院子里又恢复了往日的寂静，只有麻雀还在房屋上啾啾地叫唤。这个时候还不是黄皮树结果的季节，所以整棵树就像森林里那些不结果的树一样荒芜冷清。文鸟夫妇再也不回来了吗?

不,他们还会回来。有一天,天刚蒙蒙亮就听到树上有窸窸窣窣的声音,那时候麻雀还没睡醒。等麻雀醒来站在屋檐上的时候,看到文鸟夫妇正忙里忙外地往黄皮树枝上衔泥土。麻雀居高临下地看着他们,张开嘴开始唉声叹气。文鸟夫妇衔回来一些破旧的稻秆,接着又衔回来一些更碎更软的稻秆!他们又从头开始了,也就是说他们又不像话地在那个半半拉拉的快散架的巢上面建了一个全新的巢。他们重新捡了烂稻草,槟榔叶鞘、椰子叶鞘的茎丝和枯树叶,鹊肾树的枯叶和其他叶子。也依旧是由雄文鸟负责整天辛苦劳作衔来材料,而雌文鸟只需轻松地跟在身后。有时候雄鸟不知从哪捡到整张杂乱的蜘蛛网,也会衔回来。

没过多久,鸟巢就建成了一个碗状的底,而那些枯叶则围成一圈高墙。从上往下看,就像一个供小孩玩耍的玩具小巢。要是换成像戴胜鸟、白颈八哥这样的鸟类,那鸟巢肯定已经算是竣工了,但是对文鸟来说,这样的巢还不能算完成,他们还要进行一些加工。文鸟夫妇看起来是夫妻俩一起建的房子,但其实都是由雄文鸟一点一点建起来的,雄文鸟真算是所有事情都宠着雌文鸟了。

雄文鸟到别的园子里去捡苦楝树、杨桃树的枯枝叶,横竖交错织在了巢顶。哦!原来他是在做一个遮风挡雨的屋顶。他又去衔来一些更小的树叶和稻草,厚厚地铺在刚才用枯枝叶织好的框架上。一切收拾停当后,雄文鸟又忙着挖一个洞,这个洞口完工后,鸟巢终于算是竣工了。他开心地钻进巢里叫了几声,在外头的雌文鸟也同样回应了几声。雄文鸟赶紧飞到雌文鸟身边,对雌文鸟流露出一副宠爱的神情。他往旁边挪了一下,雌文鸟也抖了抖腿拍了拍翅膀,两只鸟的喙凑在一起,两条尾巴凑在一块儿,夫妇俩开心地看着对方,然后竖起羽毛扑啦扑啦地抖搂。雄文鸟开心地不知翩翩飞到了哪儿,过一会儿又回来了,夫妻双双钻进了鸟巢里。严实而私密的鸟巢仿佛是哪户人家的房子。

鸟巢就这么建好了,看起来很粗糙,仿佛一堆倒放的垃圾,不过这只是外观而已,没那么重要。你瞧,走近了把头凑上去看,鸟巢的门圆润光滑、四周溜平,进出都很方便，丝毫不会被刮到。鸟巢里最中间的地方则绵软细腻，这正是给雌文鸟睡觉的地方，雄文鸟则蹑手蹑脚地在旁边躺下。夫妇俩都面向门口，两只喙则伸出门外。

从那天起，每天天刚蒙蒙亮的时候就听到文鸟在黄皮树上活动的声音。是他们夫妇俩在闹着玩吗？雌文鸟整天都只窝在巢里，她是在为产卵做准备。到了傍晚太阳落山时，夫妇俩则一起钻进窝里，再次面向门口躺着，把嘴伸出门外。

他们等待着产卵的日子，那些黑身黄嘴的鹩鸟已经从四面八方飞回来了，这预示着寒冷的冬天就要到了。

西北风吹了有一段时间了，一直都是习习地、和善地吹着。但是那天下午，西北风突然变得喧嚣起来，天地间变得一片阴沉，一大片浓密的乌云随着风混沌翻滚着，仿佛世界末日一般。第二天早上，天就刷刷下起了雨，雨下得不大，水面上笼罩着一层白色雾气。雨就这么说大不大，说小不小地缓缓下了一整天。老天爷上哪儿去了呢？弄得各个地方都争着刮风下雨，人们只能待在家里。村路变得泥泞不堪，泥水甚至淹到了小腿肚子。

文鸟夫妇也只能待在窝里，他们静静地趴着看外边的雨下个不停。天啊！老天爷怎么回事？整天只知道下雨，一个劲地下雨。雨下了好几天，文鸟夫妇已经开始感到有些怅然了。雨下到第四天，天变得有些冷，鸟巢顶上的积水开始一滴一滴渗进来，鸟巢里渐渐地都湿了。天冷和鸟巢渗水还不足以让文鸟夫妇担心，因为他们有厚实的羽毛，夫妇俩靠在一起也可以互相取暖，他们并不敢飞到外头，就这么趴着忍饥挨饿也是常事了，这倒没什么。雨还在下，现在又有新的地方漏水了，枯树枝叶已经没法再防水了。雨滴打在鸟巢顶上，又滴答滴答地渗滴到文鸟夫妇头上，外头还起了风。风把黄皮树枝吹得摇曳不定，雨水不停地淋下来，文鸟夫妇抖了抖羽毛，把身上的雨滴抖掉。但即使不停地把雨滴抖掉，又会有新的雨滴落下来，雨水仿佛紧紧粘着文鸟的羽毛，怎么抖都抖不掉了。两颗湿透了的小脑袋上，羽毛都粘在了一起，显得脑袋更小了，看起来就像两个被剃了光头住在相邻病床的病友。这会儿文鸟夫妇再也按捺不住了，要是不去找个地方躲雨的话，头顶一直滴滴答答落个不停，非把他们冻死不可。因为天实在是太冷了，早上人们把手伸进水里的时候着实感到了刺骨的冰冷。雨还是下个没完没了，雨滴争相啪嗒啪嗒地落在鸟巢四周。

这天，文鸟夫妇不得已离开了潮湿的鸟巢去找个屋檐藏身，他们在雨中穿行，两双湿透了的翅膀吃力地拍打着。那时才过了中午，但是满天都是乌云，四下也都是雨帘，让人感觉仿佛天快要黑了。文鸟夫妇离开鸟巢的事老麻雀还不知道，这几天风吹雨打的，他早就躲到屋檐下的竹筒里避风了。

文鸟夫妇也还会是回到巢穴，那是连绵不绝下了半个月雨之后终于放晴的一个冬日，一切都还是雨后潮湿的样子，但是水已经变得暖和多了。弄堂外的墙上长满了碧绿的青苔，天气虽然晴朗，但阳光还不够暖和，空气中还隐约掺着一些冷意。

离开了巢穴不知去了哪儿的文鸟夫妇回来后栖息在了柚子树上。

麻雀在院子里站在太阳下晒羽毛、晒翅膀，一看到讨厌的文鸟夫妇赶紧嗖地一下飞到屋顶上喳喳地叫，声音听起来仿佛是被人掐住了脖子一样。

雄文鸟飞到了黄皮树丛中，他要去看他们的爱巢，那场雨把鸟巢打坏了一些，不知从哪来的几只蜘蛛已经在门口结结实实地结了网。雄文鸟见状不禁心生怒火，他啄了几下，把整张蜘蛛网给弄走了。进到鸟巢里，雄文鸟用嘴和脚刨了几下整理一番，他们的床又重新如从前一般整洁地出现在了面前。他钻出鸟巢让雌文鸟进屋，雄文鸟又重新卧进窝里，然后把短撅撅的嘴伸出鸟巢外。

夫妻俩轮流抱窝，过了十天，雌文鸟就产下了一枚小小的鸟蛋，接着又产下三枚，那四枚鸟蛋只比大颗的花生大一点点，涅白色的蛋壳上分布着褐色的斑点，整齐地躺在鸟巢中。雌文鸟得张开腹部的羽毛才能把四枚鸟蛋都盖住。

这个小家庭现在正喜忧参半。第二天早上，文鸟夫妇小声地唱着歌，他们的歌声永远只有一个音调，除非什么时候太开心、太恩爱了，他们才会张开翅膀，嘴里叽叽叽地叫……他们的生活很平淡、节俭，他们也很能吃苦，很少会吵闹抱怨。他们的一生就这样悄无声息地从绿叶间溜走，一如义都人的一生，贫苦而勤勉地寄托在机杼上，寄托在四方篱笆里。文鸟甚少言语，与经常冒失地叨叨个没完的麻雀全然不同。

四颗鸟蛋到了孵化的时间，蛋壳里几只娇嫩的喙，啄破了蛋壳，小文鸟在清晨的阳光下脱壳而出。雌文鸟叉着腿站着，看到雄文鸟站在旁边，身边四只有着深棕色眼眸的文鸟宝宝正天真而害羞地打量着对方。

现在鸟巢成了雌文鸟和小文鸟们的床，里面乱七八糟地堆满了碎蛋壳，就像几片尿布一样脏兮兮的，四只胎红色的小鸟挤在上面。雌文鸟更加憔悴了，傻愣愣地发着呆，雄文鸟也面露愁容。不过现在正是腊月初，雨水不会像七月一样多，也不用担心像上一场雨一样一直下个不停，现在气温虽冷，但是天气还算干燥。

四只小文鸟一天天长大，文鸟夫妇也一心把精力放在觅食养子上。时间一天天过去，转眼春节到了，小文鸟们渐渐长大了，也渐渐地接触到了人群。


今年，在义都村的人们并没有过上一个快乐的春节，因为义都村是做绫的，但是今年的绫和丝绸滞销了，产品是纺出来了，却卖不出去。很多机杼都堆起来不用了，丝绸纺车也闲置下来。往日纺车响亮的嗒嗒声现在也没了，也没有喝得醉醺醺的织工，红着脸，踉踉跄跄走在村路上。没有工作，老本吃空了，人们只能到地里干活、去做瓦匠或者是到省城里推车。还有一些人已经签了"募夫（译者注：相当于中国旧时的长工。）"协议，开启了新生活。

一丝年味都没有的春节随着冷清的一切到来了，大米的价格涨到了3.5越南盾十小斗，以前从来没有过那么贵的价格！日子过得太窘困了，人们再也没法操劳过年的事，卖粽叶的商人到村里吆喝叫卖，最终只能嫌弃地再挑起担子离开，整个村子都充斥着凄怆的气氛。

大年三十的下午，整个村子寂寥冷清，那是个令人心神不安又难以忍受的下午。人们在那个悲郁的黄昏中期待着即将来临的新年能带来一些新的期盼。太阳再一次落下，浓重的黑夜再次到来时，充满希望的新的一年即将来临。

"牢记祖训（译者注：这里指固守旧业。）"可以让村里的绸缎行当有起色吗？

我家也没有从前那么风光了，大年初一也没有鞭炮可以放，我披着一块陈旧的斜纹布，穿着光滑的漆木屐，头发用水打湿后捋得十分光亮。我双手插在兜里，惆怅地站在门口发呆。整个村庄只有几户人家放炮，一点热闹的气氛都没有，听起来就像在敲簸箕。但是大年初二早上，我家有一位客人来拜年，客人带来了一串鞭炮。他是从前跟我外公学习《三字经》的弟子，富家村人，我叫他域伯。域伯是军队的人，过年放假才能回来。他衣着很大方，头上戴着黄色的西式帽子，身上穿的也是黄色的宽松制服，小腿上直到膝盖都紧紧地绑着裹腿布，脚上穿着一双鞋帮很高的鞋子，鞋面像蛙皮一样呈霉白色，走在院子里，鞋后跟重重地发出可怕的咯咯的响声。阿勒把域伯带来的鞭炮拿到院子里，那串鞭炮还没有一拃长。他把鞭炮挂到黄皮树上，然后拿了一根带火种的长竿，一只手捂住耳朵，另一只手颤巍巍地去点炮。鞭炮点着之后立马噼噼啪啪地炸开了，红碧桃花瓣一样红的鞭炮残骸洒满了园子。鞭炮点燃的时候家里的狗正蜷缩在灶台边，突然听到鞭炮声，吓得夹着尾巴窜逃到了田里。他害怕极了，直到阿勒出去把他拉回来，他才敢回家，但住在黄皮树上的文鸟一家再也不会回来了。早些时候他们突然听到恐怖的鞭炮声在树丛中震天响，全家吓得慌里慌张地赶紧飞走了，几只小文鸟跌落下来，拍打着翅膀，吃力地扑腾，慌乱中文鸟们四下逃窜，一家人都失散了。造孽啊，真是太可怜了，四只小文鸟才出世不久，他们每天都只是挤在鸟巢门口好奇地打量着周围的环境和广阔的天空，他们的父母则在鸟巢前盘旋，想要教孩子们怎么去飞翔。

大年初二那天早上，文鸟夫妇和四只小文鸟因为难以忍受那黄皮树下令人惊恐的鞭炮声四下飞散了，他们再也不会回到黄皮树上了。没有人知道这一家困厄坎坷的妻儿老小去了哪儿，也没人知道他们以后要怎么办。

大约到了三月，那是柚子花盛开的季节，又有另一对文鸟夫妇在园子附近徘徊，不知是不是之前那对文鸟？——不过他们只在黄皮树上停留了一会儿。麻雀站在八角树枝头探出头来，看到那对文鸟夫妇，他连忙喳喳地叫起来，仿佛想要同他们争吵一般。

# 三兄弟的故事

在一个村庄里有一只花斑狗，他的脾气很不好，如果被拴起来，他就会立马汪汪地吠起来。但是如果不管他，他就会整天游手好闲地玩耍，有时候和朋友玩得开心起来甚至忘了吃饭，正因如此，花斑狗常常是面容最憔悴的一个。所以，就得在他的脖子上拴上链子，花斑狗当然不愿意了，他抵抗、挣扎、咬绳子，但是链子是铁做的，绳子是用麻编的，都十分耐啃，花斑狗再怎么啃最后只会嘴痛牙疼。

只啃了一会儿，花斑狗已经精疲力竭了，他有气无力地趴着喘粗气，再也拿锁链没办法了。不过他也不会就这么服从压迫，他采取了保守的反抗方式。

花斑狗站了起来，他扬起尾巴开始乱吠，屋前屋后的人们都因为这经久不衰的犬吠声感到头疼。花斑狗已经准备好了各种各样的犬吠方式来惹怒人们，最后好让人们只能捂起耳朵妥协，然后把他放了，让他恢复自由之身去和朋友们开心地玩耍。花斑狗的朋友们已经在巷子口等着，就差他一个了，他实在是气不过才会使尽全身力气吠的嘛！

那一阵阵令人头痛的犬吠声传到了村长的耳朵里，吵得他头晕，村长实在受不了了，气冲冲地说：

"你马上给我闭嘴，要不然看我不打死你！"

花斑狗倨傲地回应：

"放我出去，汪汪！我受不了被拴着，汪汪汪……"

"你要知道，没有谁会专门养一只只会出去玩的狗，你的工作不是吃饱了就出去瞎浪荡，因为你不听话所以我才把你拴起来的。"

"我也想在家待着，但是……"

"但是什么？"

花斑狗露出了愁容：

"我一个人在家辛苦劳累，只能一个人发呆出神，一个朋友都没有，我偶尔也需要到村外去和朋友们消遣一下呀。"

村长觉得花斑狗说的也有道理，从那天起，他每天只把花斑狗拴起来半天，剩下半天就让他去玩了。但是他后来想想觉得：养狗是为了看家的，要是我放他半天去游荡，万一他去玩的时候家里有贼溜进来怎么办呢？不行，得让他待在家里。那天他说一个人在家太闷了，家里没朋友所以得出门玩，我是不是该再买一条狗来跟他做伴呢？这样一来这位老兄就不会再吵得人头疼了。

村长立马把想法变成了现实，到了赶集的日子，他去买了一条黑狗，看起来跟斑点狗的个头差不多，估计跟他年龄也差不多。

"这下家里有朋友了，从现在起，你再吵吵嚷嚷着要出去玩，我就打断你的腿。"

然后他又嘱咐花斑狗和黑狗道：

"我给你们吃好喝好，你们也得替我好好看家，有谁进了家门你们就大声叫唤，听到了吗？"

花斑狗和黑狗惟命是从，答应了之后就到门口趴着了。两条狗分别趴在门的两边怒目以视，仿佛下一秒就要互相吵起来。

他们俩都是性格强硬的主儿，花斑狗心想：我在这个家里已经待很久了，那没大没小的家伙不知道从哪来的，自然应该把我视为兄长，应该先向我寒暄问暖，跟我学习这个家的规矩才对。怎么那家伙却一脸不屑，看起来毫无教养，谁都不放在眼里呢？行，我什么也不说，看他对我有什么反应。

这时黑狗心里却在想：怎么对面这家伙看起来这么讨人嫌呢？他的嘴好小，眼睛又凹陷得很怪异，肯定是个奸恶之人。他看到我又傲慢地端起架子，主人把我买回来是为了和他做伴的，怎么他却那么别扭地端着架子呢？行，不管你了，看看你对我如何。

后来花斑狗气不过，嘀嘀咕咕地对着空气说道：

"真是个放肆的家伙！"

黑狗也漫不经心地回嘴：

"你在说我？"

花斑狗硬扯着脖子说道：

"对，说的就是你，咋地？"

于是两条狗立马冲向对方激烈地打了起来，拳打脚踢地扯着嗓子大吼。村长以为有陌生人到家里来了，赶紧跑了出去，结果到了巷口只见两条狗正使尽全

身力气相互扑打。他操起一根棍子，往两条狗头上狠狠地各敲了好几下，花斑狗和黑狗疼地往门两边钻，他们警惕地看着外面，直到村长把棍子丢掉，黑狗才慢慢挨近花斑狗，感慨地说道：

"我们太傻了，白白遭人一顿打，早知道互相忍让着点多好。"

"对啊，要是互相忍让就好了，我们太蠢了。"

两条狗开始亲昵起来，他们互相问了对方的祖籍，并向对方吐露心声，还排了长幼便于称呼对方。在排行这件事上是有些棘手，因为不管怎么说，他们只是两个没经历过世事，冒失、急躁、不着调的小屁孩儿。

不过无论如何他们也是要共事的，谁都不想把事情闹大闹僵，于是他们想出一个计策来公平区分谁是兄长谁是后辈。黑狗说：

"我们应该投票，谁走运得到的票数多谁就是兄长。"

花斑狗反对道：

"这么重大的事情不能靠运气来决定，"沉思了一会儿他继续说道："我想到一个办法，咱们来比谁力气大。"

"你的意思是打一架？"

"对，打一架，看看谁更健壮，只有这样才能分清辈分。"

"可是这样的话又要大叫，每个人又会被主人打几棍，那就死定了。"

"哦，那就定个规矩：在打斗过程中，谁都不能吭声。这样就没什么好担心的了。"

黑狗也同意了这个规矩。

于是两条狗又气势汹汹地冲向对方激战起来。他们已经约定好了不可以吠，但是打斗凶到了一定程度，他们又习惯性地边咬边叫起来。因此他们只搏斗了几分钟就开始闹哄哄地叫起来，犬吠声响彻屋前屋后。

村长听到了狗叫声，自然又提着棍子出来了。左顾右盼也没看到一个陌生人，还是只看见黑狗和花斑狗扭打在一起。村长生气极了，拿起棍子就往黑狗头上打了几下，他认为是黑狗太过于顽皮，刚到家不久就滋事。花斑狗看情况不妙，担心下一个被打的就是自己，赶紧拼了命撒腿往外跑。

黑狗挨了几下重打，倒地不省人事，不知是死是活。

过了一会儿花斑狗才敢小心翼翼地靠近，黑狗突然大哭起来。花斑狗也抽泣着伸出两只前爪抱住黑狗的头，凄惨地相互依偎着。

抽噎了好几下后，黑狗才说得出话，他对花斑狗说：

"哥啊，我心甘情愿接受错误了，从现在起我就叫你哥了，因为我是新来的，凡事都有个先来后到，我算是晚辈，也不敢发什么牢骚。我们俩又犯傻动武换来了一顿痛打。"

花斑狗回答道：

"你这么想就对了，从现在起我们要以兄弟相称，做亲密的一家人才对。"

他们俩以兄弟相称，听起来亲密又顺耳。花斑狗大哥给黑狗小弟讲了这么一番话：

"现在我们兄弟俩进行分工，我在家里台阶上守着，你到巷口巡逻，一旦有什么动静或是有陌生人靠近你就大声叫唤，让我在家里能听得到，这样就戒备森严、分工明确了，主人就没什么可以责怪我们的地方了，你觉得怎么样？"

"大哥说得是。"

黑狗趴在竹门外，扬起头盯着马路，只要有人过来就大叫。花斑狗坐在台阶下，虎视眈眈地盯着外面，等待着"小弟"的信号。

兄弟俩等待着机会在主人面前戴罪立功。

这不，机会来了。有一天，有两个人从外头进了巷子，那是村长的两个客人。但是花斑狗和黑狗一心想着立功，认为这无疑是两个陌生人，说不定还是小偷呢！咱们得"开炮"给这两个家伙点颜色瞧瞧才行。

兄弟俩意气风发地"开炮"，两位客人才走到巷口黑狗就发起了攻势，他冲到两位客人脚边一顿狂咬。花斑狗听到声响立马矫健地跑了出来，猛扑上去撕咬，一边咬还一边大叫引来主人支援。

主人在家里听到了犬吠声，又提着棍子出来，看到两个客人脸色煞白，裤

子被咬得破破烂烂，腿更是被咬得血肉模糊，正不知所措地挥着双手和两只气势汹汹的狗周旋。村长赶紧上前挥起棍子一顿打：

"两个死东西！这是我们家的客人！"

黑狗和花斑狗两兄弟认错人了，原来他们不是陌生人也不是小偷啊，这下完蛋了！

两位老兄正打算开溜，一阵棍棒就劈头盖脸地打了下来，两条狗弓起背夹着尾巴大叫。村长一边拿着棍子抽打，一边大声呵斥：

"让你瞎咬！让你瞎咬！"

直到两条狗被打得满地打滚，在地上痛苦地哼哼，村长才放下棍子把两位客人带到家里。村长急忙拿来石灰敷在客人的伤口上，又拿来针线和新的裤子。

门外花斑狗呵斥黑狗道：

"你干吗谎报军情生事？要不然咱们也不会挨这一顿打，你知不知道这样

38

很丢脸？"

黑狗回答：

"我以为是小偷所以才叫唤的，再说了，你不也冲出来咬人了嘛。"

"我还不是因为听到你的信号才跑出来的，谁知道他们是家里的客人嘛！"

黑狗只好踽踽独行来到巷口趴着。

又有一天，来了个小偷，这次是真的来小偷了，这小偷头戴棕色帽子，身上穿着棕色衣裤，偷偷潜入了巷子，蹑手蹑脚地踮着脚尖走。黑狗的听觉很灵敏，他听到了动静也看到了小偷从外面潜进巷子的身影，但黑狗心想：他是要到这儿来吗？

那人确实走到了巷子里来，黑狗站起身想了一下，然后摇起尾巴去迎接小偷，他以为小偷是位客人。

"这位客人一定是远道而来所以才会在夜里来访，现在我学乖了，再也不顽皮地去咬人然后挨打了！"

小偷扭开门锁走进院子，然后走上台阶，花斑狗睡得正香，全然不知有小偷进门。小偷泰然自若地进屋把值钱的东西都搜刮了个精光。离开的时候，他腰上别了一包袱的衣服，头上戴着一口铜锅，一只手提着几个托盘，跟来时一样轻手轻脚。黑狗又怔怔地摇起尾巴目送着家里的"客人"离去。

第二天一早，村长醒过来看到家里空荡荡的，和以往不大一样，慢慢地才反应过来家里少了很多东西，家里失窃了！他发现所有的衣物都不见了，还丢了一口铜锅和几个铜托盘，不由得气个半死。这样看来，养狗相当于在家里放了个稻草人，完全没用。稻草人还要更聪明些，因为他还能骗过那些想要偷食的飞鸟。今天非把这两个粗心眼的家伙打死，扒皮抽筋才行。

村长气冲冲地拿起了棍子，两条狗面面相觑，还不知道发生了什么事。他重重地给每条狗来了一棒，开始兴师问罪。黑狗和花斑狗齐声大叫起来：

"啊！我们犯了什么错？"

"你们犯了什么错？昨晚小偷到家里来把我那么多东西都搜刮走了，我都要因为你们俩而变得一无所有了，你们俩没一个通风报信的，哪怕叫上两声也好啊。你们就该被凌迟处死，难道是跟那小偷串通好的？"

两条狗俯身趴下受打，这次他们被打得口吐鲜血，眼泪直流。等到村长气消得差不多，手也累得没法再继续打的时候才罢休，但嘴里还是要挟道：

"我现在先饶你们一命，等我去找来高良姜和醋母就把你俩炖一道'假狗肉'（译者注：此为越南的一道菜。）！"

这两条狗真是可怜啊，仅仅是打骂就已经足够让他们憔悴清癯了，真是没有比这更苦的了。花斑狗撇着嘴还要斥责黑狗：

"我就是因为你在巷口守着才放松警惕的。"

"那你在这个家待的时间比我长，难道不比我清楚谁是贼谁是客吗？"

"就是因为相信你我才放心闭眼打个盹，谁知道嘛。"

"我可没有睡！"

花斑狗长叹了一口气：

"现在那小偷把东西都偷走了，主人吓唬我们说要把我们做成'假狗肉'，你怎么看？"

黑狗又提起了刚过去的事：

"他开门走进家里的时候我还以为是远道而来的客人，所以我不敢叫，怕三更半夜的闹出大动静又像上一次那样被打。"

"你真是蠢，你可以小声告诉我嘛。"

"我是真不知道他是贼，也不知道他把偷的东西带到哪儿去了？"

"谁知道啊！"

"那现在怎么办？得把被偷的东西要回来才能避免再遭一顿打啊。"

"都这个地步了，怕是神仙都不知道他在哪儿，要是再挨打就受着吧……"

"那我们可能会死啊，主人都说了要杀了我们。"

两条狗抱在一起泣不成声，害怕又遭一顿毒打，主人还吓唬说要找来高良姜和醋母把他们做成"假狗肉"……

过了一会儿，黑狗对花斑狗说：

"这个时候你问我打算怎么办？这儿我们是待不下去了，再待下去只有一死，不如有点自知之明索性逃走，走到哪儿都能找到吃的，没什么好担心的。"

花斑狗点头表示同意，于是两条狗就开始为逃跑做准备。

到了下午，他们真的决定出发了。

两条狗蹑手蹑脚地来到了巷口，遇到了猫，猫问他们：

"你们俩相约着上哪儿去？"

老实巴交的花斑狗回答道：

"我们兄弟俩要去别的地方谋生了，这里的主人太恶毒了，你想一块儿走的话就跟着我们吧，趁现在也好有个伴。"

猫长长地叹了口气又伸了个懒腰说：

"哎！两位大哥说得对，在这儿待着太痛苦了，我也早就想离开了，但是一直没有机会，现在遇到你们真是太幸运了，烦请你们等我一会儿，我回去带点干粮路上吃，然后我们就一起走，要等我啊。"

两兄弟傻呵呵地停下来等猫，面面相觑看着对方，心底相互默默佩服对方的好口才，连猫都被说动了。而猫呢，闪进了家里，然后又探出头来叮嘱道：

"要等我哦！"

"快点儿啦！行啦！你快点！"


善良而憨厚的两兄弟真是倒了霉，猫看起来呆头呆脑，其实他慧黠又奸险，阴毒得无法想象。

猫到处闲逛已经有好几天了，所以肚子特别饿，在这儿又刚好遇到了黑狗和花斑狗，他现在回家如果不是饭点根本没有吃的，听到两条狗说要逃走的时候他就心生一计，心想：

"我正饿着呢，但是现在回家非但没有吃的，而且还不知道会因离家出去玩挨多少打呢。不如我去把那两只傻狗要逃走的事告诉主人，那样主人还能赏我口饭吃。"

猫跳进家里，此时两条狗还在巷口徘徊等待着猫这个难能可贵的伙伴。猫胁肩谄笑地来到村长面前说：

"启禀主人一件要紧事。"

村长瞪圆了眼说：

"有什么事？这几天你死哪儿去了？"

猫嗫嚅小声嘟囔道：

"我正是为了这件重要的事而出门的。"

村长气势汹汹地说：

"你过来，看我不打死你……哦，对了，你刚才要说什么重要的事？"

"启禀主人，花斑狗和黑狗要逃跑……"

"哼，那你还吞吞吐吐那么久才说！"

村长抬腿踢了猫一脚，猫被踢飞到了门外。真是活该，想着巴结主人就能受赏，结果却挨了打。

村长走出家门，果然看到两条狗正傻愣愣地站着，不停地张望着大路。村长揪住两条狗的后颈，把他们拎了回去，兄弟俩的逃跑梦就这么碎了。

花斑狗和黑狗分别被拴到了两边的门柱上，村长开始问罪：

"两只怪物！你们让家里失窃我才打你们一顿，现在竟胆敢逃走！行，就把你们拴在这儿，每天往死里打一回。"

整天都被拴着，没吃没喝，取而代之的是"敬"他们几十下棒打，实在是太痛苦、太悲惨了。

但是他们对猫的埋怨更甚于对村长的憎恨。

"那只死猫就是个不讲理的叛徒，就是因为他我们才到了这步田地，等哪天重获自由，我要找到他把他往死里打，才能解心头之恨。"

也就嘴上这么说罢了，哪里还能重获自由呢？还是得被囚禁在这儿，得在这儿受虐，什么时候被杀也说不定。


老这么打，久了村长也觉得腻烦没意思，最后把他们都放了。花斑狗和黑狗刚被放出来，他们立刻就去找猫报仇了，但是四处都没找到猫。猫也知道自己罪孽深重，所以躲起来不敢见花斑狗和黑狗。兄弟俩下了一番功夫找遍了附近的地方，有时候也能看到猫，但是一眨眼他又不见了。猫的攀爬技术和逃遁能力实在是绝，狗只能在地上跑，而猫呢，则像闪电一样快速地爬上了柱子，爬到这家屋顶又跳到那家房檐，甚至能整个月不下地。

但是两条狗仍然满怀信心，毫不气馁地要找猫报仇。

有一天，花斑狗给黑狗使了个眼色：

"我们可以捉到那只猫……"

"在哪儿？他在哪儿？"

"我刚看到他爬到了那个房顶上，如果现在我们俩分别躲在两边守着他下来，肯定能捉到他。"

两条狗喜出望外地窥伺着，但是从傍晚一直专心等到半夜也没听到半点动静。花斑狗当机立断肯定地说：

"我刚刚清清楚楚地看到他爬上屋顶就立马进屋叫你了，他不可能那么快就溜之大吉。"

"我们已经从傍晚等到现在了。"

"除了这两个地方，屋顶没有别的路可以下来，但是这里都已经被我们戒备森严地把守了，除非他有隐身术。"

实际上猫并没有神奇的法力，也不会什么隐身术，只是花斑狗把事情想得太夸张罢了，没什么奇怪的。而猫的消失，过程其实是这样的：

猫确实是爬到了屋顶上，当他正打算从房顶上跳到地面时突然看到黑狗摇动的尾巴，猫吓得又退回去了。猫只擅长跑和窜，如果正面对抗肯定是分分钟就败下阵来。他想从另一边房顶上跳下来，但是那一头有花斑狗正耀武扬威地守着。猫立刻就明白过来，这两条狗是在分头窥伺自己呢！猫暗笑，心想："行，既然如此我就让你们守上一整夜。"

然后猫就躲到了房顶边上的蒲葵叶缝隙中，拾掇出一小块地方，整理完毕后伸了个懒腰，蜷成一团舒舒服服地睡了一觉。

那头两条狗费尽精力守到了天亮，连猫的影子都没见到，最后不得不放弃，他们不知道此刻猫还在房顶上呼呼大睡呢！之前那件事是很让人不爽，但也没这次那么令人烦躁。发生在这两条狗身上的悲剧终究还是悲剧。

这有什么! 有一次, 黑狗站在巷口乘凉, 蓦地又看到了猫, 他赶紧撒腿追上去, 猫这个飞毛腿嗖地一下窜进了厨房里。黑狗大叫起来通知花斑狗, 花斑狗听到声音激动地冲了过来, 于是两条狗守住了厨房门口, 这一次捉不到猫誓不罢休。

说起来这两条狗还不是蠢! 把猫堵起来, 猫有什么好担心的! 狗在厨房门口守多久, 猫就可以在厨房里躲多久。他们不敢随意攻进厨房, 因为本来就跑得比猫慢, 如果冲进去了, 猫肯定就窜到外头去了。

两条狗守在厨房门外破口大骂, 吵得连苍蝇都飞起来了。猫也不甘示弱, 用同样华丽的辞藻回敬他们。

他们越来越气, 没法只斗嘴了, 两条狗决定一起冲进去把猫活捉了, 那就要使出浑身解数大显身手才行。首先要引诱一下猫, 花斑狗叫阵道:

"贱骨头! 只敢缩在橱柜边上动嘴, 真是个懦夫, 有本事到门口来和你大爷我过几招啊。"

"嘴巴放干净点! 你们两个对付我一个, 也好意思叫我出去, 你们才是真正的懦夫。"

"我跟你打, 一对一, 打到有一方死为止, 我保证不乘人之危。"

"鬼才信呢! 你们不一起冲上来打我才怪! "

"胡说八道! 我们君子一言, 驷马难追。"

猫冷笑起来。

"我是不会出去的, 别耍这些下三滥的手段。"

知道猫不会中这一计, 花斑狗又想了另一个办法, 于是他对厨房里的猫说:

"现在我不要求你到门口来了, 你就到厨房中间来, 我一个人跟你比试, 就我一个。"

猫心想:"怎么说我也是个堂堂君子, 要是连这点挑战都不敢答应, 岂不是太不够格了。再说了, 我本来就跑得快, 要是感觉情况不对, 我就往他脸上扇一巴掌, 然后快速跑到碗橱上去, 他就是长了翅膀也追不上我。"

于是猫对花斑狗说：

"行，等着接招吧，我这就出来让你瞧瞧厉害。"

然后猫就真的跳出来站到了厨房中间，从猫那儿到厨房门口，还有挺远的一段距离，花斑狗只身走上前去。黑狗在厨房门外想到了一个偷袭猫的办法，连忙潜到了厨房右边角落的窟窿边上，打算趁猫不备偷袭他的两肋。但是猫的眼睛非常尖，他看着花斑狗走了进来，也看到了黑狗在后退潜到角落，他大叫道：

"该死的黑狗，你想偷袭我！"

于是两条狗就一齐冲了上去想要快刀斩乱麻，猫左躲右避，飞身跳到了碗橱顶上。在碗橱上，猫踩到了盛油的罐子，油罐被打翻，砸在花斑狗的头上。油罐里的油是液体状的，没有凝结，水汪汪、油亮亮地浇了花斑狗一头，罐子则骨碌碌地滚到了厨房的角落。花斑狗被罐子砸到头上，顿时整个人都头晕目眩起来，而且油还浇得头上脸上都是，更感到天昏地暗睁不开眼睛了。黑狗听到花斑狗凄切的呼号，赶忙前来用舌头把花斑狗脸上的油给舔掉，让他可以睁眼。这样一来，黑狗又能顺便畅快地饱餐一顿了。但是两条狗还是那么不幸，村长听到罐子在地上骨碌碌滚动的声音就跑到厨房来。

地面上光亮亮的全是油，油罐子歪倒在厨房的角落，一片狼藉。而黑狗正在舔那些洒在地上的油，花斑狗也专心低头舔食，他们可能在想："这没什么罪过的，这么些好东西可不常有，为什么不吃呢？"殊不知，此时猫早已远走高飞了。

村长大叫道：

"哎呀！我的老天爷！这俩蠢货把我一罐油都吃光了，我这罐油可贵了啊！"

然后他把花斑狗和黑狗拉回楼上，用藤鞭一顿痛打，跟前几次相比好不到哪儿去，说不定比前几次更痛些！这其中的冤屈，恐怕只有老天爷知道，但是谁知道老天爷在哪儿呢？更别说要去向老天爷伸冤了。花斑狗和黑狗对猫的恨意更深了！

但是他们也拿猫没办法，这么说好像有点夸张了，但曾几何时，两条狗只是小声地回嘴，也能相互取乐。

那一天是春节，家里有鸡肉宴，主人把吃剩的骨头放在走廊外矮凳上的破碗里喂猫。往常喂猫的食物都放在铺板上，但是现在铺板还要用来列席，猫就得到走廊上吃饭了。

知道这件事后，黑狗守在门口，蹲踞在矮凳旁边，他假装张望着别处，其实是在等待机会，只要猫一过来吃饭就立马上去把猫暴打一顿。往常猫在家里吃饭的时候两条狗都不敢上去惹事，他们要是敢爬上铺板，被主人知道的话等待他们的就肯定是高良姜和醋母了。

饭就放在那儿，但是猫根本不敢下来吃，他只在铺板边上徘徊了一会儿就到厨房去了，因为他知道黑狗正等着打自己呢！黑狗就在原地趴着等到了傍

晚，那天，碗里有饱含油水的香甜的鸡骨头，而猫只能吞口水，不敢上前享用。

黑狗和花斑狗一直守到了夜里，等到全家人都睡得香甜后，他们一起大快朵颐了一顿。

他们逼得猫饿了一晚上，心里已经畅快不少，现在又能大饱口福，把本属于猫的晚餐给吃了，实在是太爽了。

那碗饭放在凳子上，两条狗吃的时候得把两条前腿趴在凳子上，伸长了嘴才吃得着，这也是件难为情的事。那个小碗在高处，两条狗的嘴又大，如果不小心，那碗饭就会被打翻在地。

说到谦让和灵活，两条狗在这两方面完全是差劲得不行了，他们俩同时伸了前腿，又同时伸嘴去吃食，那碗饭立马被打翻在地上。饭洒落得到处都是，两条狗只好一粒一粒舔干净。即使是这样，他们也感到很舒心，因为他们成功抢走了猫的晚餐。

饭洒了一地，谁的动作快就能吃到更多。不过更值得庆幸的是，碗虽然被打翻到了地上，但是并没有被打碎。

花斑狗本就比较心软，没过多久，因为要忙别的事，对猫的怨恨也就减少了许多。黑狗则更阴险、记仇些，偶尔，在静寂的深夜里听到猫在屋顶上对着月亮叫唤的声音，就会对花斑狗说：

"老哥啊！我和那只猫绝对是不共戴天，他生我死，我要是活着他就必须得死。"

花斑狗则蹙起两行胡须，微笑着说道：

"你应该这么想，人生在世要想过得快活，就不应该为一些琐碎的小事心生怨气，再说了，我们还有很多别的事要做。"


深秋的某一天，北风萧萧，天上风云际会，篱笆外竹叶随风纷纷扬扬地飘落，这着实是个柔和而美丽的秋日。

不知道猫心里在想些什么，他坐在灶台上的灶神像旁，伸了个懒腰，站起身就悠悠地往园子里走。天哪，园子里真是既清静又凉爽！过了许久，猫突然感到整个人都有些沮丧。他怅然地发了一会儿呆，然后慢悠悠地沿着竹林来到了池塘边上。已经是深秋了，冬天也不远了，池塘里的水已经快干了，猫来到紧贴水面的地方一直走到池塘中间。他来到一块干了的塘泥上坐下，怔怔地看着水面，一副在窥探什么的样子。

猫并不是在悲秋或者祭奠秋天的逝去，他只是嗅到了秋风的萧瑟，这样的日子自然会有鱼群浮到水面，猫只是想着捉鱼下酒罢了，哪里会对秋日有什么感叹。

猫静静地坐了一会儿，连一条吐着泡泡靠近的鱼都没看到，他心急地站起身，到别处去窥伺。猫来到岸边，那儿的水已经快干涸了，而且很清澈。

他款步前行，经过一丛芦苇，芦苇叶交错在一起发出的沙沙声，仿佛是在交谈着一些不可告人的秘密。

猫突然停下了脚步，他看到池塘边上有一条歧尾斗鱼正在挣扎，那条鱼大概是跳到了那儿的小水坑里，现在水渐渐干涸，他却没法再回到原来的水里了。猫觉得可以饱餐一顿了，这条歧尾斗鱼虽然瘦小，但也没关系，意思意思作为开运的第一口鱼肉也挺好。

猫立刻来到了鱼的面前，伸出爪子捉住了鱼。

这是，一根绳子发出"嗒"的响声，猫一回头，嘿！脖子就被一根绳子结结实实地拴住了。

原来是有人在那儿设了一个陷阱来捉鹧鸪或者乌鹪、鹪之类的鸟。人们用伞骨的两根铁棒绑成弓，安装在龙眼树的其中一条树根上，这些树根杂乱地伸到了池塘边上。龙眼树根代替了竹竿，两根铁棒端头绑上又长又结实的绳子，圈成了一个圈套，圈套里则放上一条歧尾斗鱼做诱饵。

猫嘴馋，没注意到周围环境，他眼里只有那条鱼。猫迫不及待地把头伸进去，触到了弓背，机关打开，绳索不偏不倚地套中了猫的脖子。绳索把猫勒得瞪大了双眼，不停地甩着脖子挣扎，终是没有办法逃脱。尽管猫的双脚尽力地抓挠，但也没法把绳索抓断，而弓背又固定在了龙眼树上，猫也没办法挪到别的地方，只能戴着那个套索干坐在那儿。

天啊！猫落难掉进陷阱里了，虽然那根绳套不至于把猫勒死，但是他越是挣扎就越难以呼吸、难以呼救，也越没法逃脱这个圈套。

他只能坐在那儿，等到设这个圈套的人来，那样就会被人抓走，捕鸟变成了捕猫。那人会把猫放出来，但是谁又知道那个人会不会把猫拿到集市上卖掉呢？或者是往猫头上揍一棒槌，然后扒皮吃肉，很多人都说猫肉和兔肉一样好吃，想想就毛骨悚然！

那天下午，到了饭点也没看到猫的影子，村长问起猫的行踪，两条狗也摇头说不知道。于是村长就派花斑狗和黑狗去找猫，他恐吓道："冲着猫不按时回来吃饭这条罪名，就得把他暴打一顿才行。"

花斑狗和黑狗两兄弟跑到园子里到处找猫。

黑狗对花斑狗说：

"不管了，干吗受这个罪辛苦地去找呢？咱们就在附近随便逛一圈然后回去告诉主人说找不到猫就行了。"

花斑狗回答：

"算了吧，我们还是认真找找，再说了，现在猫回到家里也是要挨一顿打的。"

他们找遍了园子也没看到猫的影子，黑狗已经打算放弃了，花斑狗又说道："我们到那边的芦苇丛看看，猫喜欢在那儿守着捉鱼。"兄弟俩蹑手蹑脚地来到了芦苇丛，风吹得池塘边的芦苇四下摇荡，发出沙沙的响声，仿佛是风在对着树木耳语，但其中又隐隐约约掺杂着奇怪的声音。黑狗对花斑狗说：

"嘘！好像有什么奇怪的声音。"

"呜哇……呜哇……"

"好像是小狗崽哭的声音？"

"呜哇……呜哇……"

"不对，这儿怎么会有小狗崽，哥啊，咱们回家吧。"

"我再走过去点儿瞧瞧。"

那并不是小狗崽的哭声，而是中了圈套的猫在沙哑地叫着。两条狗摸索上前，看到猫无助地趴着，张着嘴，闭着眼，两只前爪正扯着套在脖子上的绳索，这样子看起来太惨了。

想要报仇的黑狗血液一下子沸腾起来，他想冲上去，却被花斑狗制止了：

"他都落难到这个地步了，我们不能做这种事呀！现在先把他救了，他就会知道我们的好心，我们双方的恩怨就会有所改观了。"

黑狗幡然醒悟，兄弟俩上前把套在猫脖子上的绳索咬断。猫睁开眼，看到花斑狗和黑狗站在自己面前，知到是他们救了自己一命，赶忙俯下身说道：

"两位大哥！我原以为就算我不死在这圈套里也必定会死在两位手上，但是你们还是不计前嫌救了我。对，新世道里讲老话，我还是要说说咱们之间的事。其实以前我不是有意要做那些让你们记恨的事，你们要离家出走的那一次，我犯浑去跟主人打了小报告，之后我一直在后悔。那时候我肚子太饿了，饿到失去了理智，所以才会去向主人打小报告，妄图以此换来一口饭吃，哪知道却让你们挨了毒打，我自己也被踢得扭了腰。还有油罐子砸在花斑狗老哥头上那次，我真的不是故意的。从那天起，时间一天天过去，我真的是一天不向你们解释清楚就一天吃不香、睡不着。后来我看到你们对我的恨意又多了一分，我就更加害怕了。天啊，我不知道有多心痛！今天碰巧二位救我一命，我因此尚有一命可以活着，才有机会说出藏在我心底许久的话，现在我终于可以安心了……"

猫泪如雨下，花斑狗也不禁心里一酸，而黑狗只是稍稍有点儿感动。不过，现在两条狗已经不再对猫心生怨气了，他们已经大人有大量地救了猫一命，现在就更大度了。花斑狗说：

"我们并没有存心要报复你，只有那些小气鬼才喜欢斤斤计较。现在你已经知道自悔，还说了这么些笃厚有诚意的话，这就好了嘛，我们是一家人，就应该相亲相爱、互帮互助。"

猫激动地说：

"对对对，老哥说得太对了，我定会牢记在心的。还有，如果两位大哥不嫌弃的话，我们结义吧！"

"好好好……"

就这样，从那时候起，猫就成了花斑狗和黑狗的小弟。

三兄弟站起身，手拉着手在草地上转圈跳起舞来，一边跳，一边大声地歌唱，开心极了，所有的怨恨和不快都统统抛进了池塘里。

花斑狗、黑狗和猫结伴回家，花斑狗走在一边，黑狗走在另一边，猫则走在中间，但是不知为何，黑狗脸上似乎还有些顾虑。黑狗确实是有些顾虑，他点了点花斑狗，示意他过来，然后凑近花斑狗的耳边说道：

"喂，我说，你看看猫哪点像我们了你就认他做兄弟，他的眼睛像两颗玻璃珠子，他的鼻子太红了。"

花斑狗笑起来：

"哎呀，你别想太多了，只要我们发自内心地相亲相爱，这些又有什么关系呢？虽然有句话叫'像猫和狗一样相互憎恨'，但从现在起这句话就是错的啦！"

# 四只鸡的故事

H 昨天，有一只母鸡不见了！老天！那么大只母鸡也能丢？当然能了！鸡这种品种，即使是年长的也会丢。这只母鸡已经孵过四五窝蛋了，头上的羽毛已经变得瘫软，肚皮下露出了灰色的胸脯肉，总是卧着孵蛋，毛都结块了！这已经是只年老色衰的母鸡了。

尽管是这样，她还是走丢了！昨天傍晚，天都黑了还没看到她回鸡圈，今天早上三娘打开房门，还是没有看到母鸡的踪影。算了，她肯定是丢了。母鸡走在田里迷路了吗？还是呆头呆脑地往河边走了？又或者是瞎摸索着到池塘边去了？算了算了，她走到哪儿都是危险的，因为鸡就得待在鸡圈里，就像小孩子要在院子里、园子里玩耍一样，该在哪儿就在哪儿。田里、河边、池塘边有很多牙齿锋利的野狗、狐狸正对着鸡肉流口水。大马路上，无数的汽车、马车，就等着碾压那些粗心大意的小孩的脚呢！生活就是这样啦！

母鸡走丢了，全家人都出去找她，也可以说村里所有的人都去找这只母鸡。荣典大娘、小草、阿在、三娘、看管园子的大哥还有他太太，还有他们刚满六岁的儿子，后面还跟着村里人养的一群狗。

但还是没找到母鸡，大家闹嚷嚷地"咕……咕咕，咕……咕咕"地叫唤，还是没用。小草细心地四处寻找，她来到了河边、池塘边，都没有看到母鸡的踪迹。有可能哪只狐狸已经把她叼到树洞里吃掉了，那这只鸡就完了，这样的话小草也就失去了一只能下蛋、孵蛋的母鸡。

小草感到非常可惜，整个人都恍惚起来。这只母鸡可是下蛋的一把好手，她下的每颗蛋都非常大，小草可喜欢她了。自从暑假回家和母亲还有阿在住一起，小草最亲密的玩伴大概就是这只母鸡了。最近母鸡刚下了四颗蛋，这四颗可怜的鸡蛋现在变成了孤儿，她们再也没有机会变成四只小鸡了，看着她们变成小鸡也是小草的愿望，现在梦都破碎了。

从池塘边回来后，小草对荣典大娘说：

"妈妈，我没有找到母鸡。"

她是沉着脸说出这句话的，或许当时泪水已经在眼睛里打转了。荣典大娘笑了，抚了抚小草的头说：

"找不到就算了吧，等下次去赶集的时候妈妈再给你买一只。"

"但是这只鸡在下蛋呢，都已经下了四颗蛋了。"

小草想了想，接着说道：

"这些蛋只能煮熟吃掉了，太可惜了。"

荣典大娘笑着大声说：

"不用非得煮了它们，你看看鸡圈里还有哪只母鸡可以孵蛋的，把这四颗蛋交给她孵就行了，这样一来这些蛋还是可以孵出小鸡的。"

小草欢呼起来，飞奔着到园子里去了。但是过了一会儿，她又回来了，垂头丧气地说：

"我问了看管园子的伯伯，他们家都没有可以孵蛋的母鸡了，只有几只阉过的公鸡。"

"那你去阿义伯家问问看。"

阿义伯家里刚好有一只可以孵蛋的母鸡。

"伯伯，我有四颗鸡蛋，您家有没有可以孵蛋的母鸡，您帮我放进去一块儿孵吧。"

"我家是有只母鸡，小虎啊！你带小草去鸡圈。"

小虎跑出来，他是阿义伯的儿子，大家都叫他小虎，因为他的虎牙参差不齐，看起来有些好笑，因为他的牙齿，人们都管他叫小虎。世间的道理很简单，就像给别人做工的小虎一家，因为生活穷苦，所以过得多简单都行。

小虎带小草来到了后院，往鸡圈走去。刚走近，小草就听到了母鸡欢乐的咕咕声。小虎说：

"她可以孵蛋。"

"那怎么没给她孵？"

"我家哪有鸡蛋啊！"

"那你家母鸡下的蛋去哪儿了？"

"她下了十颗蛋，早就卖掉啦。"小虎解释道。

然后又接着说：

"卖了还债，卖稻谷的催得太紧了。"

小草已经看到母鸡了，她站在鸡圈下方，个头跟小草家的母鸡差不多。看到有人靠近，她把翅膀上的羽毛都撑开了，眼睛睁大，伸长脖子，嘴里连连发出咕咕的叫声。

小草把鸡蛋放到鸡窝里，母鸡立马冲过去卧在那些蛋上面，她开始孵蛋了。其实她很容易相信别人，一下子就相信了那些蛋是自己下的，她一定也不会算计，天啊！

小草站在一旁看着母鸡，不禁微笑起来。小草没被比喻成母鸡，因为她去年已经通过了测验，考上了小学。（译者注：母鸡在越南有愚笨的意思。）

"小虎，这些蛋要孵多少天才能破壳啊？"

"一共要过两个赶集日，十天以后你再来这儿就能看小鸡破壳了。"

"我当然要来啦！我要拿玉米和谷子喂她，孵蛋也很辛苦的，可不能当儿戏。"

从那天起，小草每天都会到小虎家。

小草还叮嘱妈妈不要把四颗蛋在阿义伯家孵小鸡这件事告诉阿在，小草说："等什么时候小鸡孵出来了，再让阿在大开眼界。"也是因为阿在是个不听话的孩子，他太顽皮了，一个朋友都没交到。暑假回到这儿，村里人少，也没几个人能交朋友的。尽管小虎并没有招惹他，可他还要吓唬说要打小虎几顿。小虎年纪比他大，但有些害怕荣典大娘，也就变成了害怕阿在。要是两人放开来打，小虎只需要随便出一招就足够把阿在摔个稀巴烂。而阿在十分自大，还百般刁难小虎，他讥笑小虎穿破衣服。真是愚蠢啊，穷人家穿破旧衣服再正常不过了。他又讥笑小虎的牙怎么那么不整齐！这让小虎怎么回答？这么一来，小虎就不敢随意到园子里玩了，他就只在田边逛逛，他想着，或许一个人玩也挺好的。

小草也不敢让弟弟知道那四颗鸡蛋正放在小虎家孵化呢！


十天过去了，这是小草和小虎热切期盼的十天。这一天，小草正慢悠悠地挎着篮子来到小虎家，远远就看到小虎站在门口等她，笑得两排牙齿都露了出来。小虎向她夸耀说鸡蛋已经孵出两只小鸡了。

　　小草赶紧跑进鸡圈，她故意往地上撒了几粒玉米，母鸡就出来捡食了。小草立马就看到两只娇小漂亮的小鸡，他们依偎着，卧在鸡窝正中，羽毛是光滑的嫩黄色，脚和喙是粉红色的，柔软又娇小，仿佛是用面捏出来的。他们叽叽、叽叽地叫着钻到了母鸡的肚子下，小草太喜欢他们了。但是小草想到这些小鸡的亲生母亲现在不知所踪，不禁又有些伤感。她站起身，怔怔地盯着刚刚破壳的两只小鸡。突然，小草问小虎：

　　"还有两颗蛋没孵出来吗？"

　　"明天，明天肯定都孵出来了。"

　　"好，明天我再来看，那四只小鸡都孵出来之后我就把他们带回家行吗？"

　　"不行。"

　　"为什么？"

　　"至少得再等几天，等到他们长得结实些才行。你带回去，没有母鸡的照料他们怎么长大呢？"

　　"那么久？但是说实话，四只鸡放在你这儿养比我带回家要好，因为……"

小草没把话说完，小虎问：

"是家里没地方养吗？"

"有的有的，只是害怕阿在……"

小草不做声了，小虎也没再多问，因为他已经心知肚明了，他见识过了阿在的顽皮捣蛋。

"要不然你就把他们寄养在我家吧，我很会养鸡的，等他们长大了你再捉回去吃。"

"寄养在这儿我会很想他们的。"

第二天，剩下的两颗蛋也孵化了。两只小嘴笃笃地啄破了蛋壳，只见粉红色的尖尖的喙伸出来，接着是脖子，然后是整个湿漉漉的身子都出来了。蛋壳破成了几瓣，潮湿稚嫩的小鸡转身卧着，只过了一小会儿，她们的毛就已经风干了。小鸡们立刻站起身，和昨天出生的两只小鸡聚在了一起，她们叽叽地叫着。和人类不同，小鸡才刚刚出生就已经会跑了！他们长得很快，就像用气吹起来的一样，而且整天东奔西跑，叽叽喳喳的。

有一天，小草找到小虎说：

"我想到一个办法了。"

"什么办法？"

"带这四只鸡回家的办法。"

小虎有些失落：

"你不让我养他们啦？"

"老把他们养在你家，你家的母鸡因为疼爱孩子就不再下蛋了，这样一来你家就没有鸡蛋可以卖了。再说了，我带回去也很方便的，我刚找到了一个隐蔽的地方可以养她们，这四只鸡在那儿会很宽敞舒适。"

"你做了一个新鸡圈啊？"

"没有，园子里有个废弃的狗笼，我把这四只鸡养在那儿，你明天把小鸡给我带过来吧！"

第二天，小虎把四只小鸡装进
篮子里盖好，提着往小草家走去。
到小草家要翻过山岗，抄近路
也要经过几片田野和几丛
稀稀拉拉的树丛。一路上白
头翁、椋鸟纵声歌唱，小虎
也边走边唱着歌。现在是
早上，鸟儿都在树梢上婉转
地叫着，孩子们在美丽的晨光
里边走边唱，一路上有微风，有
白云，还有温柔暖和的阳光。

　　小虎在树林里放声高歌。那时候阿在正在一棵石榴树枝头大模大样地坐
着，听到有人在唱歌。

　　"是谁的声音? 怎么那么像小虎? "

　　他从树上跳下，跑到路边，还真是小虎。小虎正稳健地走来，就像正在操
练的士兵，他手上提着一个篮子。哦，肯定是装鱼的篮子，我得拿他几条，回去煎
了喂我家的猫吃。阿在横挡在路中间，伸出双手说道：

　　"小子，你要去哪儿? "

　　"我要去……"

　　"你提着的是什么? "

　　"我要带……"

　　"我有这么问你吗? 你提着的是什么? "

　　"我提着……我要带给……"

　　"什么? 什么? 举起来让我看看。"

"我赶时间。"

"不行,你得给我几条鱼当过路费,我知道你的篮子里边有鱼。"

"我没有鱼。"

"你把篮子放下让我检查检查。"

小虎不想让阿在这么做,要是让他看到有四只小鸡,他肯定又要淘气了,会把小鸡抢去玩耍,说不定还会把他们掐死。小虎闪到路边,打算拔腿就跑。

但是阿在已经冲上来扭住了小虎的手,扯住了篮子。阿在本就清瘦,他能把小虎怎么样呢?小虎只要踢上一脚就可以把阿在踢倒,可是小虎只是紧紧攥着篮子,扯开了阿在的手。阿在知道自己不如小虎强壮,拿小虎没办法,也不一定能拿到篮子。

他气极了,俯下身
抓了一把沙土

就往小虎脸上撒。猛不防地，沙土飞进了小虎的眼睛里，连鼻子、耳朵里都是。慌乱之下小虎放下了装着小鸡的篮子，阿在一把拿过篮子，撒腿就跑。

他跑出林子来到了池塘边，坐在草地上打开了篮子的盖子，看到篮子里几只小鸡正叽叽喳喳地叫着。有趣！太有趣了！阿在惊喜得无以言表，他不禁瞪大了双眼。随后，他突然想到："啊，小虎那小子是个小偷啊，他从哪儿偷来这四只小鸡的？哦，他是个小偷，他就是个小偷！你以为你养了鸡就能吃到鸡肉了？我看你怎么吃……"

阿在一边想着，一边把小鸡一只只从篮子里拿出来然后往池塘里扔，四只小鸡奋力地往上爬，在水里不停地挣扎、叫唤。

阿在两只手背在身后，站在池塘边看着小鸡溺死，然后恬然、从容地仿佛什么事都没有发生过一样回家了。阿在心里大快，因为他刚做了一件除暴安良的事——他惩治了小偷。回到家里，阿在对荣典大娘说：

"妈妈，从今天起不能让小虎踏进我们家院子一步。"

"为什么？"

"我刚从他手里抢过一个篮子，那篮子里有四只小鸡，不知道是从哪儿偷来的，可能是我们家的。"

"我们家哪来的小鸡！"

"真的嘛！我都捉到他提着一篮子的鸡了！"

"你抢他的鸡做什么！那哪里是我们家的鸡了。"

"抢他的鸡做什么？还能做什么！当然是扔进池塘里了！要把他的赃物销毁！"

但是阿在支支吾吾没敢说出这句话。荣典大娘又问了一遍：

"你抢他的鸡做什么？还给人家了吧？"

阿在心一慌说了谎：

"嗯，我还给他了。"

荣典大娘看着自己的儿子说道：

"你这么还给他也不对，如果怀疑这些鸡是偷来的，你应该问清楚这是谁家的鸡，然后押带着他去把鸡还给人家。你看到他把鸡还回去了吗？"

阿在不知所措地说：

"没……哦，还了。不，没还……他拿回家了。"阿在又接着说：

"啊不……他好像把小鸡扔进池塘里了。"

荣典大娘失声叫起来：

"啊，他疯了吧？小虎人呢？把他叫来。"

"他不知道跑哪儿去了，可能跑到田里去了吧。"

此时，小虎还瘫坐在路边，他连打了几个喷嚏，两眼紧闭，没法睁开，因为两只眼睛里都是沙子，越揉眼泪越是一股一股流出来，也越是火辣辣的疼，越是难受。

过了许久，小虎才摸索着来到了池塘边，他用双手掬了一捧水把脸洗干净，然后又把整张脸都浸到了水里，睁开眼睛让水把双眼里的沙子冲走。过了一会儿，眼里没那么硌了，但是两只眼睛还是通红。

小虎急匆匆地去找阿在讨回他的篮子，正跑着就遇到了小草。小草在家等着小虎把小鸡带来，等得心急了，就决定前往小虎家看看怎么回事。看到小虎通红的双眼，小草一连串问了好几个问题：

"你的眼睛怎么那么红？你哭了吗？怎么了？"

"没有，没有。阿在往我的眼睛里撒沙子，然后把一篮子小鸡都抢走了。"

"天啊！他抢走了我那几只小鸡吗？天啊！小虎啊，我们得马上去找他，说不定他已经把四只小鸡杀死了。太可怜了，我的四只小鸡啊！"

小虎和小草焦急地跑遍了林子、池塘边，过了很久，小虎看到林子外头有个篮子，他大叫：

"小草！篮子在这儿。"

小草赶紧跑过来：

"但是篮子是空的!"

"阿在那小子把鸡杀死了,我得回家去……"

小草跑回了家,正遇到荣典大娘往外走。

"小虎把咱们家刚孵出来的四只小鸡送回来,阿在把鸡抢走不知道拿到哪儿去了!"

"哦?阿在也跟我说小虎不知偷了谁家的鸡,小虎那么健壮还能被阿在抢了?"

"不是,阿在把沙子往小虎眼睛里撒,然后把篮子夺走了。"

"小虎这么跟你说的吗?"

"对。"

"阿在告诉我说他亲眼看到小虎把四只小鸡都扔进池塘里了。"

"不是这样的,不可能。现在得马上去找阿在,他可能把我的四只小鸡杀了,妈,你快去找他啊。"

说完小草又跑出去了,她一边往池塘边跑一边大声地呼唤小虎。走近池塘边上,只见小虎正拿着一根长竿打捞什么,还没等小草看清,小虎就大声对她说:

"小草!小草!快到这儿来。来把小鸡捞起来,我捞到三只了,还差一只,这只太难捞了。行了,捞上来了。"

小虎放下竿子,拿起最后一只小鸡和另外三只小鸡放在一起。

小草跪在四只小鸡旁边,梨花带雨地哭起来,因为四只小鸡都张嘴躺着,张着翅膀,双眼紧闭,一动也不动。小虎用尽一切办法,不停地来回抚摸小鸡,好让他们暖和起来。但是都没用,每只小鸡都僵硬地躺在那里,小草哭得更伤心了。小虎知道不管怎么施救都没用了,便站起来对小草说:

"现在怎么办呢?这几只鸡那么小,也没办法吃,而且是自己亲手养的,我真不忍心吃了他们。"

小草难过地说:

"放在这里让狗、狐狸叼走的话太可怜了,把他们埋了吧。"

小虎斟酌了一下说：

"或者我们再试试别的办法。听说人溺亡的时候，人们用草木灰沤着就能活过来，不如我们试一试。"

"试试看。"

"如果没救过来的话，我们明天就为他们举行葬礼。"

于是小草和小虎每人拿着两只小鸡走向了厨房，厨房里有很多草木灰，这些灰还微微暖和。小虎挖了四个小坑，把四只小鸡放进去，小草则用草木灰严严实实地盖在小鸡身上，只盼着小鸡能睁开双眼活过来。

然后小虎就回家了，小草回到厅房，两个人都很难过，一副没精打采的样子。因为那个法子也只是赌一把，谁知道能不能赌赢呢？小草为四只可怜的小鸡而难过，小虎则因为小草难过而难过。

两个人都在为恶毒的阿在而生气。

阿在知道因为自己的顽皮闯下了祸，当天下午，荣典大娘把两个孩子叫到跟前问话，阿在的谎言露馅儿了，他不仅说谎，还阴险歹毒。

阿在被妈妈狠狠地打了一顿，藤鞭咻咻地打，阿在嗷嗷地叫，不停地求饶，最后还是小草劝止了母亲。阿在挣扎着爬起来，哭着说今后会改过自新。

第二天早上，小草还是愁眉不展，她想到了那四只漂亮的小鸡，为这么多天来养他们付出的爱心和精力感到可惜，又想到了前段时间走丢的那只母鸡，要是她还在的话就可以亲自孵化这些小鸡，哪里还会发生这样的事。

天刚拂晓小草就已经想好了，要认真地为这四只命运不济的小鸡举行葬礼。不管怎么说，他们也是四只能吃、能跑、能跳的小生命了，得让他们入土为安啊。

小草去把小虎叫来，他们打算举行一场隆重、盛大的葬礼：有号角声，有鼓声奏哀乐，还有人跟在棺材后面哭。

小草去找小虎的时候，小虎也正往小草家走，两个人都很心急。

他们向厨房走去，走到厨房门口时，两人都惊讶得张开了嘴，大叫起来，昨天死掉的四只小鸡，今早已经活了过来。四只小鸡在草木灰里站成一团，叽叽地叫着，看到有人走进来，就慌张地跑开了，他们估计以为人们要把他们捉去吃掉。

"小虎！你真的太厉害了，要不是你想出这么个办法，我们昨天下午就已经把这四只小鸡埋了。"

小草急忙跑上厅房拿了一些稻谷，四只小鸡你争我抢地吃起来。等到他们都吃饱了，小草把四只小鸡拿去厅房向母亲夸耀——昨天以为已经死掉的四只小鸡，今天又活过来了！

这四只小鸡，为这个从省城念书回来避暑的小姑娘带来了不少乐趣。那年夏天结束后，小草和母亲还有阿在又回到城里去了。

小草打算把一只小鸡送给小虎，再送一只给阿在，但是阿在不好意思收下。小伙子是害臊了？他把小草送给自己的那只鸡又送给了小虎。最后小草姐弟两人留了两只鸡，把另外两只留给了小虎。

到了快分别的日子，小草又觉得这么分鸡有些麻烦，人要分离，为什么动物也要分离呢？于是小草把四只鸡都留在了村里，让阿义伯和小虎帮她养，明年夏天她还会回来的嘛。

那年秋天，四只鸡——四只都是母鸡，已经长成了漂亮的成年母鸡并且开始下蛋了。其中几只正孵蛋，院子里都是咯咯哒咯咯哒的叫声，看着四只母鸡，小虎笑得露出了虎牙。小草仍然经常寄信回来，问候小虎，也问候那几只母鸡。

小草告诉小虎应该把鸡蛋拿到集市上卖掉，只留下几个就好了，因为把鸡蛋卖掉后母鸡才会继续下蛋，小草在信中这么写道。

小虎听了小草的话，感到非常舒心，即使只有这么几只鸡，贫穷的阿义伯一家生活也很满足了。

# 羊和猪的故事

## 1

在一个村子里，有一只年轻的山羊，他的尾巴很短，胡须茂密得不得了。整张脸只看得到溜光的鼻头，两只眼睛斜溜溜的，透着奸恶的光。嘴里不管什么时候都在咀嚼，就像他短小的尾巴不论什么时候都在摇晃一样。

你别看羊的嘴巴是这个样子，就觉得他是个既狡猾又贪婪的家伙，这么以貌取人着实是冤枉了羊。这只羊有黑色的鼻子，柔软的嘴巴，像丝瓜籽一样的眼睛，他只是有些贪吃，其实为人憨厚、善良。羊对这些全然不自知，总觉得自己在这个世界上还是挺聪明的。自打出生在存放牛草的牛棚的角落里，羊就在这个森林边的村庄里安静地成长，他在河滩外吃草，到山岗后的泉眼喝水。白天他就在草地上随处游荡，到了晚上，回到牛棚里和母亲偎依在一起。夜里睡觉的时候，同住在棚里的牛会时不时地磨爪，咯噔咯噔地往地上踢，这时候羊就会生气地嘟囔着骂起来，牛也气势汹汹地骂回来，有时甚至作势要打起架来。

但是羊不用动手，因为双方被几根横闩隔了起来，每天下午阿倨都会把门牢牢闩好，随便牛怎么往门上踢并吓唬羊说要打架，羊都不理会，只管挑衅。牛要是气到吐血就死了，所以尽管牛在那沸沸扬扬地发脾气，羊还是能恬然地睡去。后来牛决定把怒气留到第二天早上，等到阿倨把牛棚的横闩拿开，他准备把山羊母子痛打一顿。但是等到了第二天早上，牛棚的横闩拿开后，牛才发现山羊母子不知道什么时候已经上山去了。羊在外头待了一整天，等到傍晚他们回来的时候横闩又已经闩好了。牛和羊又时不时地吵起架来，而小羊本就睡得香，母羊需要的睡眠也不多，母子俩就稀稀拉拉、断断续续地和牛对骂了一整夜。这可苦了牛了，牛的个头比山羊母子大了十倍，山羊母子把对牛这个比自己大十倍的家伙的恶作剧当作乐趣。牛只能独自愤怒，拿山羊母子没办法。

一天晚上，阿倨来到牛棚把母羊捆起来扛了出去，第二天，几只鸡沸沸扬扬地传言，阿倨已经把母羊杀掉吃了。从那天起，再也没看到母羊回来。

羊从来没有想过会"有朝一日母子永分离"，而他也蓦然明白人们对羊太残酷了，有什么道理可以这样无缘无故地把一只羊捉走吃掉呢？在追问下他才明白，原来在自己小的时候，阿倨还挤走母亲身上的奶水，那些奶水本来是给自己喝的，可是小羊根本没能喝到母乳，自打出生以来他就只能吃草，因此他才会瘦得皮包骨。这是羊小时候不知道的伤心事，现在了解后不禁怒火中烧，他很难过，无精打采地往山上走着。

到了下午，羊回来睡觉时，听到牛摩拳擦掌往地上咯噔咯噔踢的声音，羊很生气，但是懒得跟牛吵架，也懒得招惹他。到了早上，羊又无精打采地出去，他垂头丧气的，内心很难过。

那时候正是春天，草木已经把枯黄的叶子留在了冬天，现在就等着春雨，没有春雨的滋润他们就抽不出春芽，光秃秃的竹子脘着像鱼刺一般的枝丫。由于田地缺水，土地已经开始龟裂，野草也因营养不良而枯瘦，羊啃着这些枯瘦的野草,嘴里有说不出的苦涩。

在村子附近,有好几顷菜地,但是人们已经仔细地把各自的菜地用栅栏拦了起来。羊也不在乎,他从栅栏底下钻进了菜园。阿倨大概有十双眼睛吧,因为每次羊刚刚把两只前腿伸到生菜地边上时,他就跑过来抓住羊的后腿往外拖,然后把土拢好,再往羊肚子上踢几脚。羊痛得肠子都要断了,低着头,生气又难过地溜走了。

羊没精打采地趴在山岗上,草尖时不时会像针一样刺在他的肚子上。苍茫浩瀚的天空笼罩着四周,森林、村庄、羊还有那火红的太阳,都被笼罩在一望无际的天空下。羊心想,天地广阔无垠,不可能所有的地方都像这里一样只有枯瘦的草、干枯的枝叶,有无尽的束缚和像阿倨这样的厉鬼吧! 我到底犯了什么罪,要这样永远被囚禁在牢笼里呢? ……但是我的小腿瘦骨嶙峋,肚子早已饿瘪了,嘴里也苦涩得像吃了黄连。刚才是谁踢了我的肚子来着? 老天啊,又是谁把我的母亲捉走了? 算了吧,这个地方没有什么值得留恋的了,哪天阿倨也会嫌憎我,然后把我杀掉,我得离开这里……我必须离开这里。

在山的那头，太阳已经开始落下，落日的余晖把绿莹莹的山谷照得金黄。在那儿，青草茵茵，鲜嫩肥美，在那儿没有狼毒的阿倨。我得立刻到那儿去，对，立刻就出发……

在返回村子的路上，羊徜徉地走着，嘴里正咀嚼着离开这个村子的念想。夜里，他思来想去，觉得自己不应该一个人离开。在整个村子里，小到那群鸡，大到那头脑袋跟桶一样大的令人讨厌的牛，都必须对阿倨心存畏惧，阿倨就是个地头蛇，他想吃谁的肉都行。大家都被他打过，大家也都因为他而感到痛苦，大家都失去了自由，逃不出阿倨的手掌心。因此，羊觉得自己应该煽动所有的兄弟姐妹都离开这里，得这么做才行。但是要怎么做才能让大家听命于羊呢？这是个棘手的问题，羊本来就不善于交际，但是他突然额手称庆起来：

"啊，我想到了，我要去找大肚猪讨论这件事情，然后一起上路。"

羊安心地睡去了，牛棚里，牛咯噔咯噔地往地上跺脚，也没见羊像往常一样醒过来同他争吵个不停，羊一觉睡到了天亮。

# 2

　　羊出发去找大肚猪了。要找到大肚猪不是件难事,因为他无论何时都闲适地卧在猪圈里。猪圈在厨房后面的一个小园子里,羊费了好大的劲才成功钻进猪圈。羊贪吃是出了名的,嘴里就没停过咀嚼,遇到什么都埋头就钻,因此人们特意禁止羊到厨房和园子里游食。尽管如此,羊总是能一如既往地潜进这些地方。

　　羊和猪是一对好朋友,人们说他们之所以能成为好朋友是因为他们都很能吃。猪吃得狼吞虎咽的,要是给他的吃食少了,他会把整个家都闹得天翻地覆。猪整天就知道躺在那儿呼呼地叫,正因为这样他才有个绰号叫阿呼。有时候他叫得凄厉连连,仿佛永远都处于饥饿的状态,永远馋嘴,永远等着人们喂食。

　　猪圈砌得挺高的,四周和底层都严严实实地堆满了草,只留下一

条进出的路。猪自己住在这儿，他时而卧着，时而慢悠悠地站起身，他的肚子鼓得仿佛一个瓮，就快要垂到地上了。他的后背因为没办法支撑起沉甸甸的肚子而向下弓，硕大的肚子仿佛要掉落在地上。

猪突然竖起耳朵，因为他听到了窸窸窣窣的声音，似乎是有人带着一罐浮萍来了，猪兴奋地大叫。但是等他探出头来，两只极小的眼睛立马就看到两只黑色的耳朵正摇摆着上了楼梯，哦，原来是羊啊。猪摇摇摆摆地往回走，啪嗒一声又趴下了。

"老兄好啊，今天什么风把你吹来啦？看你一脸的无精打采，不管怎么说你母亲也不会再回来了，节哀吧！你得多吃点啊，这样身体才会好，也要经常来找我玩，来找找乐子啊。"

"没有，我哪有不开心了，我看起来很憔悴吗？"

"一定是你想的事情太多了吧？像我就从来不考虑这么多，先吃饱了才是正经事。"

羊长吁了一口气：

"哪有东西可以让我吃饱快活啊，老兄啊，你有没有觉得最近吃到的水藻总有种说不出来的苦味呢？"

"哦，那是因为天没下雨，等天一下雨这些水草就能立刻变得鲜嫩起来了。"

"其他地方的动物都能吃饱喝足享受生活，咱们却只能边等下雨边吃这些难消化的水草，你看你的毛发都没以前光亮了，我也一天比一天消瘦。"

"其他地方是哪儿？"

"除了咱们生活的这个充满束缚的地方，哪里都能过得快活。人们不让我进厨房，只给我吃那些苦涩的枯草。前阵子我打算偷偷潜进园子里偷吃一棵生菜，立马被踢得伤了腰，只得把那生菜吐出来。你知道吗？我都过得那么苦了，你比我还要苦，你这么大的个头，人家给你吃什么就只能吃什么，一辈子都只能待在这个臭烘烘的猪圈里碌碌无为！"

"你得这么想，我也有我自己畅快的活法嘛，我可以撬开门，爬楼梯到下面的院子里放松玩耍。平时待得腿麻的时候，我就会这么做。"

山羊笑了：

"唉，这种畅快是有篱笆束缚的。天啊，看来你被囚禁得太久，已经忘了自由二字是什么了，你知道什么是自由吗？自由就是你想吃就吃，想喝就喝，想玩就玩，想跳就跳，想做什么就做什么，没有人可以阻拦你。"

"在哪里可以过这么快乐的生活？"

"在没有阿倨的任何地方。"

大肚猪长叹一口气说：

"阿倨简直就是个天打五雷轰的！"

"你想死吗？"

"你说什么？"

"哦，那就是不想死。但是在这儿待着不管怎样都是一死，阿倨就是天王老子家的儿子，他想什么时候杀你都行。你想想看：那么长时间以来，你生活在这猪圈里的家人有多少个是被阿倨和他的同伙捉走杀害的，我们俩以后也逃不过这一天。"

"你说的太恐怖了！"

"对，是很恐怖，但也是赤裸裸的事实，我们得明白这个。"

"我听着都害怕得发抖了……老哥啊，别再说了，你就给我说说现在哪儿有浮萍可以吃吧？"

72

"也没多远，就在这座山的那头。昨天下午我看到阳光照在绿油油的草上，那儿还有亮铮铮的水塘，那儿似乎正是春天。"

"嘴馋吗？"

"肯定馋啊，我们可以轻松地到那头去。"

"真的吗？"

"我今天来找你就是为了这件事。"

"就是这去觅食的事？"

"对，在这儿不仅饱受折磨不能自由觅食，还要整天担心哪天人家把刀架在咱们脖子上把咱们杀了。这儿不能再待了，我们一起走吧！"

"但是我不识路。"

"路就在咱们脚下，走了就知道了。"

"可是我还是怕阿倨！"

"离开了这里就算是有八十个阿倨，我们也可以大胆地往他面前冲，不仅如此，我还打算煽动整个村的动物跟我们一起走，让阿倨那小子傻眼一回。"

猪大叫起来：

"太好了！太好了！"

突然外头传来叽叽吱吱的声音，羊错愕地探出头，看到两只老鼠正慌里慌张地跑过来，羊一眼就看出那是一对老鼠夫妇。看到羊和猪，老鼠夫妇齐声大叫：

"请救救我们……请二位救救我们。"

"怎么啦？"

"那只猫正在追杀我们。"

羊说：

"快藏到圈里去。"

老鼠夫妇刚躲到猪圈里猫就冲了进来，猫看到两根正在摇动的尾巴，要冲上前去捉，但山羊已经站起来把去路挡住了。他扬着犄角，昂着脸问：

"你的力气能和我的犄角比吗？"

猫停下来，骇然道：

"这里又不是你家，关你什么事？"

"那老鼠夫妇又关你什么事，你要追杀他们？"

"他们咬坏了两件家具。"

"谁的家具？你的吗？"

猫还没来得及开口，猪就气势汹汹地从里边探出头来呵斥道：

"这猫是阿倨的马前卒，我们走之前得杀了他饯行。"

猫怔怔地说：

"你们当真要打我？"

羊回答道：

"不仅要打你，我们还要杀了你，因为你和阿倨那家伙一样，是个只会欺负别人的无赖。"

猫斜眼往里看，约摸着老鼠夫妇已经逃走了，他生气极了，同时他又感到心虚，因为羊已经扬起了犄角，猪也摩拳擦掌正打算冲过来打自己。野食儿弄丢了，自己还被困在这里，猫充其量也就能抵抗几个回合。只要羊犄角一顶过来，猫就往后闪躲，有这么个躲避的天赋谁也拿他没办法，所以也没关系。但是猫看出来羊和猪好像有什么不对劲的地方，他们好像在谋划着什么事情，于是猫便假意示好讲和，拱起两只前爪对羊和猪作揖：

"叩拜二位，请二位恕罪。"

"从现在起你不许再欺负老鼠一家了，知道吗？"

"是，我不敢了。"

猪也发话了：

"我把老鼠夫妇叫出来，你得当面发誓，听到了吗？"

猫差点忍不住失声笑出来，他努力忍住，大方地答上一声"好"，因为当时猪叫了好久也没见哪只老鼠伸出头来，他们早就丧胆地逃跑了。羊对猫说：

"从现在起你要知错就改，不许做阿倨的走卒了，再让我遇到一次我就立马杀了你，绝不废话，看到我头上这两只像剑一样锋利的犄角了吗？"

猫胁肩谄笑地说：

"哪有，我什么时候做阿倨的走卒了，他常常打我，我曾对着月亮发誓，我和他不共戴天。"

"这样啊？那为什么老鼠啃了阿倨的家具你要追杀他们呢？这关你什么事？"

"当时我太慌张了才说了这些蠢话，事实上并不是这样的，真实的原因是……"猫嗫嚅了一下。山羊紧逼着问：

"真实原因是什么？"

"请二位大哥不要逼我说，说出来实在太丢人了。"

"没事儿，你就说吧！你为什么要追杀老鼠夫妇？"

"因……因为我肚子饿。"

猪嚷嚷起来：

"你肚子饿？这么说就不是你的错，也不是我们的错，而是阿倨的错。他得为我们受饿负责，为这个村子里所有的动物受饿负

责。正因为这样，我们得反抗他，我们要鼓动这个村子的所有动物离家出走，首先就从我们开始。"

"天啊，二位的事业真是太远大，太有意义了，那你们打算去哪儿？"

"到一个过得比这儿舒适的地方，人生在世，不能只待在这儿受阿倨那家伙欺负。"

"不瞒你们说，我过得也很苦！每顿饭阿倨都是定量有节制地给我吃，我太饿了，所以才会忍不住去捉老鼠吃。我也不想再待在这儿了，两位大哥要去哪儿，请让我也加入你们吧。"

"那太好了，这样一来我们的队伍就有三位成员了。明天我们就到村里每一个角落，去鼓动所有的兄弟姐妹离家出走反抗阿倨。"

猫说道：

"我觉得二位先别急着把事情闹得这么沸沸扬扬的，因为我们明天出去，也只是去探探路，还不一定能找到合适的好地方。现在这么着急地约上大家一起走，万一到时候不称心，又得浩浩荡荡地回来，太危险了。不如就我们三个再找上几个热心的伙伴，咱们一行人先去探探路。如果找到了好去处，再回来通知大家，到时候所有人再一起走也不迟。"

山羊不禁称赞道：

"你还真是想得周到，行，那我们就先去勘探一番。"

猫问：

"还有谁和你们一起去吗？"

"就只有我们俩，加上你一共三个。"

"我想带上我一个朋友和咱们一块儿去。"

"谁？"

"黑狗。"

羊连连摇头：

"不行，这可不行，狗可是阿倨的手足，我们对阿倨有多提防，就得对这黑

76

狗有多提防……"

　　猫连忙打断他的话：

　　"不，黑狗也是好人，这点我可以保证。不过既然你们不同意就算了，那我们什么时候出发？"

　　天刚蒙蒙亮的时候，羊和猪就已经最先来到了约定好的地方，那是村头的一丛植物下。他们站在那儿等猫等了许久，已经等得不耐烦了也没看到猫来。忽然，他们听到草丛中传来一些响动，羊小心地探出头来，然后又拉着猪趴下，小声说：

　　"黑狗！是黑狗来了！"

　　过了一会儿，窸窸窣窣的声音没有了，羊和猪才慢慢地起身。这时候猫才来，羊斥责起来：

　　"是你让黑狗来捉我们的吧？"

猫装作骇然的样子：

"没有，我刚从家里出来，我是想告诉你们阿倨现在正忙着做饭，我们可以安心地上路了。"

"那我们得快点，以防被黑狗看到了去给阿倨打小报告。"

三个家伙急匆匆地走着，村庄四周的草木郁郁葱葱。他们不敢走大马路，只敢沿着野狗、狐狸的脚印从灌木丛里走。他们当中只有羊是经常外出的——他每天都在山上游荡，因此他比其他人都要熟悉这些路。羊对猫和猪说：

"我们爬到那个山岗顶上，在那儿可以看到太阳落山。现在是早上，等到太阳下落的时候，我们朝着太阳落山的方向走，下午肯定就能到了，上次那个下午我已经看到了。"

他们继续吃力地往上爬，山羊在前面带路，修长的腿和锋利的犄角显出一副气宇轩昂的样子，猫和猪则紧随其后。猫步伐轻快，但是他的小短腿也只是在家里的时候可以灵活敏捷，赶长途就不合适了，因此看起来还是行动缓慢的。猪看起来是最吃力的，每走一步他的脊背就下沉一回，裸露的腹部不停地摆荡，面部表情紧绷着，迈着短粗的四肢吃力地向前行进。即便如此，猪还是劲头十足、意气风发地走在猫前面。

羊噔噔的脚步声一路引领着他们，猫看了看猪，他已经在大口大口地喘粗气了。猫拍了拍膝盖，问道："累了吧？"猪摇头咧嘴强颜笑起来。过了一会儿，猪变得更吃力了，每走一步都哼哼地叫一声，发出仿佛正在猪圈里等人喂食的声音。

羊正沉迷于赶路，没注意到身边同行的伙伴已经走得头晕眼花。猫又使眼色问猪是不是累了，这次猪绷着脸点了点头，猫才说道：

"羊大哥，我们太累了。"

羊回过头来说：

"这才刚出发怎么就累了？你们真是太虚弱了，要不还是加油赶路吧，再过一会儿就不会觉得累了，你们试试嘛，一起加油啊……"

羊边走边小声哼唱，猫和猪又勉强走了一段路。忽然猪叫起苦来：

"羊啊，我真的太累了。"

"加油嘛。"

猪又努力前行，但是他确实太累了，浑身冒汗，最后直接在地上打滚了。猫虽然不累，但是也假装和猪一起打滚，上气不接下气地说：

"我再也走不动了，老哥啊！你让我在这儿歇会儿吧。"

羊停下脚步，生气地呵斥道：

"这才赶了一半的路，不行，你们看到那边绿油油的草丛了吗？走到那儿咱们一起休息。"

猪只好又磨磨蹭蹭地起身。羊刚才指的那片绿油油的草丛很小，旁边种着香蕉树。才走过一棵香蕉树，猪又瘫在地上大叫：

"天啊，好累，好困。"

然后猪就闭上眼睡着了，羊只好跪卧在他身边休息。猫乖巧、爱干净些，卧在了几张枯芭蕉叶上。他们三个就在香蕉树的树荫下稍作休整，猪已经打起了呼噜。羊对猫说：

"猪就只知道睡觉，你的腿已经酸了吧？"

"说实话没什么太大的感觉。"

"那很不错啊，我们试着爬到门顶上看看已经走多远了吧？"

羊弓起背让猫踩在自己背上爬到竹门顶上，猫站在门顶上伸长脖子怔怔地说：

"村子就在那儿，我们没走多远，我还能看到家里厨房的屋顶，还有你平时住的那个牛棚。哦，我还看到阿倨正在厨房门口四处张望，手里拿着一根棍子，他好像是在找我们啊。"

然后猫就跳下来了，山羊说：

"快把猪叫醒！"

猪睡眼蒙眬，恍惚中听到猫说："阿倨……阿倨那家伙……"不禁惊慌失措起来，刚刚站起身猪就愁眉苦脸地哭起来：

"天啊，我去不了了。"

"怎么了？"

"我好饿。"

猫也跌坐在地：

"山羊大哥啊，我也好饿，我得吃东西才能继续赶路。"

羊思索了一会儿回答道：

"照说，你们应该从现在忍饥挨饿到下午，习惯了就好了。"

猫说：

"要慢慢习惯才行的呀，一下子就这么忍着受不住的。"

"行吧，那我们一块儿去找些吃的。"

嘴上严令说不能吃，但其实羊已经非常饥饿，也很想吃东西了。他举目看向

园子里，园子分成了很多垄，种玉米的那一垄已经长出了绿叶，种豆的那一垄才刚长出零星的嫩苗，而种生菜的那一垄，生菜已经老得快要开花了。

羊说道：

"这个园子是阿侣的，我们去把它毁了解解气吧！"

猪望而却步了：

"可是我看到那儿有个稻草人。"

"你是突然变傻了吗？没有脚不能跑的稻草人有什么好怕的，他只是固定在一个地方吓唬鸟类，能把我们怎么样？"羊笑起来说。

于是，一行人大大方方地走进了园子，稻草人就耸立在门边，披着一件宽大的蓑衣，他的脸是一个涂了白垩的砂锅做成的，胳膊是用两根线拴着的竹竿，两根竹竿上裹了枯甘蔗叶。只要有微风吹过，稻草人的两只手就会随风摆动。他们向稻草人问了好，但是稻草人冷冰冰的没有任何回应。猫对猪和羊说：

"这个稻草人是个聋子。"

他们仨看向稻草人，果然是没有耳朵的。就在这时，稻草人开口了：

"我只是耳背了。"

羊正要啃一棵生菜，稻草人说：

"你们吃吧，我不赶你们，我只赶那些飞鸟。"

猪立刻满心欢喜地埋头到了菜丛里。突然，猫捂着嘴哭了起来，问了好久，他才开口说：

"你们都在吃，就我不能吃，呜呜……"

"谁拦着你了？"

"我不吃青菜，我吃不下生菜。"

"啊，这可为难了。"

猫悲咽地说：

"山羊大哥你得带我去找找看，哪里有池塘或者水沟可以让我捉到鱼或者毛虾。我之前来过这儿一次，记得这附近好像有个小屋，要是没有鱼虾，你就带我去找找哪里有人们吃剩的米饭、玉米，我都可以吃。"

"你得学会吃点别的，我们待会儿还要赶很长的路呢！"

"我知道，可是我们家族从古至今都只吃鱼吃肉，以后我会学着吃青菜，但是这一顿你得带我去找鱼吃。"

羊不想去，因为他看到猪吃得正香，感到更饿了。羊不耐烦地喷了一下嘴：

"烦死了，烦死了，行吧。但是听着，我带你去找鱼的话不仅什么好处都没有，还要多走一段路，你个头小，身子轻快，又来过这里，不如你自己一个人去找，我们在这儿边吃边等你。什么时候要继续上路了，我们就让稻草人帮忙打信号，你看到后就赶紧回来。你现在就去，我们在这儿逗留太久的话，阿倨那小子可能会派黑狗来追我们。"

猫同意后，便飞奔而去。

看到猫扬长而去，稻草人扯着嗓子问他：

"哎，你去哪儿？"

羊把这件事告诉了稻草人。

过了许久，羊和猪已经饱餐一顿，便背靠背坐下来咂吧着嘴稍作休息。猪又犯困了，但是羊不让他睡。羊站起身摇了摇稻草人的手臂使上面的枯叶晃动，给猫发出信号，但过了许久却迟迟不见猫回来。羊问稻草人怎么回事，高高瘦瘦的稻草人摇摇头，突然稻草人嚷嚷起来：

"猫回来了，黑狗跟着他一起来的。"

羊不敢相信，又问了一遍，稻草人连连答道：

"对啊，猫来了，带着黑狗一块儿来的，真的。"

羊和猪慌乱起来：

"完了完了，他带着狗来捉咱们了，现在怎么办？"

他们已经走投无路了，因为猫和狗正走来的那条路是唯一的去路。羊和猪慌里慌张，不知道往哪儿站也不知道往哪儿钻。幸运的是，羊看到稻草人宽松的蓑衣正在风中摇曳，他赶忙拉上猪爬上稻草人的脚，躲到蓑衣下面。这时，黑

狗气势汹汹地冲了进来,气急败坏地环视了一周,便问稻草人:

"看到羊和猪了吗?"

稻草人摇头,也不知道是他在摇头还是风把砂锅脸吹歪了,黑狗发了一会儿呆,小声嘀咕道:

"奇了怪了,明明还能嗅到他们的气息,好,我先回去告诉阿倨,等抓到他们非把他们的脑袋扭下来不可。"

黑狗跑开了,过了一会儿,猫就回来了。猫问稻草人:

"你知道羊和猪往哪儿走了吗?"

稻草人沉默不语。

这时候羊和猪钻了出来,揪住猫就是一顿拳打脚踢,猫大叫起来。他们把猫松开后,猫哭天抢地,痛得满地打滚。羊兴师问罪道:

"你是不是背叛我们带着黑狗来了?"

"不是……呜呜……"

"稻草人都看到你和黑狗一块儿走来了,你还想抵赖?"

"不……不是……我从小溪边回来的路上就遇到了黑狗。他和我已经认识很久了，我问他去哪儿，他说他正在找你们，我感觉不妙就往回走，现在才敢回来问稻草人，我想要和你们一块儿上路，我哪里敢……"

羊对猪说：

"别再费力打他了，我们得赶紧上路了，黑狗估计已经回去向阿倨打小报告了，天也快黑了。"

羊叫上猪离开了园子，藏进了草丛里赶路。这时候猫哭着跟上说：

"两位大哥带我一起走吧……你们别抛下我……我不认得回去的路，两位大哥带上我吧！"

# 3

天已经黑了，不知道羊和猪已经走了多远，但其实他们也只是在原地打转。因为他们一直在磨蹭，一会儿走在浮尘中，一会儿窜进草丛里，并不知道走得离村子近还是远。羊和猪一遍又一遍地嘟囔斥骂着要把猫赶走，但猫还是一路哭个不停地跟着，坚持要追随他们。

天色黑下来的时候，他们仨来到了一处像森林一样茂盛的树丛。猪打算停下来休息，但是羊硬逼着他继续前进，猪只好磨磨蹭蹭地向前走。夜幕下，三个黑影一脚深一脚浅地踽踽前行。猪实在太累了，不由分说就瘫在了地上。这时候羊才说：

"行，我们就在这里休息吧，睡吧。"

睡是肯定要睡的了，但问题是他们仨都这么呼呼大睡吗？这可不行，太危险了，说不定会有熊和老虎。羊和猪常常听传言说，夜间，熊和老虎会从深山老林里出来觅食。这是后话了，眼前最应该害怕的是黑狗和阿倨。天已经黑了，阿倨很可能会趁机摸过来，白天黑狗肯定已经向阿倨打小报告了。

这么一来无论如何都不能三个同时睡了，得小心戒备才行。想要把守得森严就得轮番爬到树上放哨，正好这儿就是树林，在这么高的地方放哨太容易了。在他们仨里头，谁是爬树的好手呢？只有猫一个。

羊把这个关于放哨的想法提出来打算讨论的时候，猫立刻爽快地答应了：

"这件事是我应该做的，我会爬树，我也习惯了熬夜，而且我能在树上睡觉，睁着眼睡。你们就交给我，放心睡吧，今天赶了一天的路大家也都累了。"

说起来确实是累了，但是羊不敢掉以轻心，他不是很相信猫。那时候已经是半夜了，风呼呼地吹，春末夏初的夜晚风凉爽而轻柔。高大的栎树摇曳着大片的叶子，在夜里发出沙沙的声音，靠近草丛的棕榈树也发出窸窸窣窣的声音。月亮已经升到了头顶，皎洁的月光洒在栎树的叶子上，远处的山岗一直连绵到灰色的苍穹下，与闪烁的星星交相辉映。十六的月亮圆晃晃的，每个夜晚，月亮都在最高处独自微笑、歌唱。羊突然叫起来：

"啊，我想到了。"

"你想到什么了？"

"我们可以放心睡觉，包括猫在内，让月亮替我们守夜。"

猪也叫起来，称这个办法妙，只有猫沉默并表示不理解。羊对着月亮大喊，因为月亮本性就是漫不经心的，什么时候都在发昏，连叫了几声月亮才回答，并对着地上正伸长脖子等待回应的三个家伙微笑。

"月亮啊，你替我们守夜吧？"

"你们上哪去？"

"我们去睡觉呀！"

月亮咯咯地笑起来：

"你们睡就睡嘛，还要我替你们守夜？听起来像话吗？唉，算啦，你们睡吧，我替你们守夜。"

树根旁，猫、羊和猪把头靠在一起，没过一会儿就已经打起了呼噜，猪躺在他们中间，呼噜声比谁都大。在睡之前，羊心想："我得保持警觉，睁一只眼闭一只眼睡。"然而一阵阵呼噜声在耳边响起的时候，羊也已经睡得很死了。这时假使有人把他抬走丢进小溪里，他也浑然不知！

猫没睡，或者说猫一直都睡得很少，到了夜里往往都四处游荡。迷糊地躺了很久，猫就蹑手蹑脚地爬起来，悄悄地离开了树根。猫跑出去，在月光下突然就不见了。

猫走了一会儿后，月亮发现远处有一团黑影，他大声叫着呼唤羊和猪，但是他们睡得太沉了，叫了好久他们俩才迷迷糊糊地答应。听清了整件事情后，羊和猪都大叫起来：

"完了，完了，猫这个叛徒，他肯定是回去报告阿倨了。"

月光照亮了田野和森林，漫漫长夜里静悄悄的，而内心的恐惧则变得更加毛骨悚然、深邃无边。羊和猪蜷缩着抱在一起，再也没法入睡，稍微有任何的小响动都能让他们惊慌失措。恐惧感一直蔓延到黎明，直到天变得大亮。

羊和猪立刻动身离开了，毫不迟疑。但就在这时，猫悠悠地回来了，羊还没开口问，猫就已经耍贫嘴了：

"两位大哥，我昨晚去觅食了，我太饿了，等不到天亮再和你们一块儿去。你们也知道的，我本来就比较挑食，现在我吃饱啦，我捉到了鲌鱼，我吃得可香可香啦。"

猪回应道：

"你为什么要说出来？馋死我了！天啊，我现在好饿……"

说完猪就打了几个哈欠，摇头晃脑地伸了个懒腰趴下了：

"我好想好想。"

"你想什么？"

"我想稻草人守着的那垄生菜了，生菜怎么能那么鲜嫩可口呢？要不我们再回去饱餐一顿吧！羊啊，你喜欢吃生菜吗？"

羊呵斥道：

"不能半途而废，我们只有一条路，就是往前走，直到找到那个充满快乐的地方。”

“但是至少你得让我吃饱我才能继续赶路啊？”

“先赶紧离开这儿再说，待会儿顺便找点吃的。”

猪惆怅、慢悠地往前走着，他们仨都沉默着前进。清晨的阳光温和地照耀在树叶上。

他们刚在树丛里走了一会儿，森林里突然传来一阵羊叫声和猪叫声，还有一阵阵犬吠声。

“啊……他要捉我……快捉住他……他要捉我……快捉住他。”

# 4

羊和猪又被押回了村里，捉拿他们的当然就是阿倨还有那只黑狗以及猫这个卧底。猪被五花大绑地扛了回去，羊则是脖子被套上了枷锁，吊回去了。回到村里，猪又被赶进猪圈里窝着，羊和牛又关在了一起，即便如此，没过几天，羊还是能偷偷地去找猪玩。他们凑在一起小声耳语：

“想念稻草人看守的那一园子生菜吗？”

“我想月亮……”

“我吧，还是想去，时时刻刻都想。要是有机会咱们再去，这次得学聪明点，不能再让队伍里有猫这样的叛徒。咱们还要鼓动整个村的动物一起走，不能在这个鬼地方干坐着等死。嗯，鲜嫩多汁的生菜确实很好吃。”

说完羊和猪都沉默了，各自陷入了沉思。

# 一些遥远的传说

冬天来了，柳树掉光了叶子，山羊大侠此刻正在寒风凛冽的山坡上走着，山石间的缝隙成了风口，北风整日整夜地呼啸个不停。天气太冷了，山羊大侠正要返回到平野上村庄上方的山谷避寒。

山羊大侠晃悠着下山了，院子里的所有动物都出来围观他。山羊大侠实在是太帅了，他腿脚灵活，在山石上嗒嗒地飞奔，宛若一阵风。而且，动物们都喜欢竖起耳朵听他讲那些遥远而有趣的故事。

远处，水面上波光粼粼，小溪里的水散发着清香，仿佛有谁往水里撒了鲜花一样……

有只小羊翘首以盼了一整个早上，他陶醉于山羊大侠宛若星辰般的双眼和气宇轩昂的胡须。他很羡慕那一绺充满江湖味道的胡须，还有那黑亮黑亮的四只蹄子。

小羊津津有味地听着故事，性情毛躁的他说道：

"只要能说很多奇异的故事，那么像山羊大侠一样得到每个人的爱戴也就不是什么难事了。"

　　说完小羊就照着脑
海里的想法示范起来, 他用
一只脚拍了拍自己的犄角, 郑重地说道:

　　"我现在也是山羊大侠了!"

　　小羊竟然把自己想象成了山羊大侠! 小羊和其他动物之间的一场欢乐的问
答就此展开。

　　"山羊大侠的毛发不是像黑绸缎一样乌黑发亮的吗?"

　　小羊回答:

　　"我的衣服也会是全世界最黑亮的。"

　　伙伴们又问:

　　"山羊大侠的蹄子不是锃亮的吗?"

　　"我用溪水打湿蹄子也能让它们变得锃亮, 这有什么难的。"

　　"那山羊大侠给我们讲的那些奇异的故事你怎么可能有呢?"

　　听到这个问题, 小羊不说话了。随后他又满不在乎地哼了一声说:

　　"会有的嘛! 我会有故事的!"

　　大家哄堂大笑, 没有人相信小羊说的话。然而从那天起, 小羊拼尽全力寻找成为山羊大侠的方法。他来到水坑，在泥浆里躺了一整天，他屏住呼吸将自己浸到泥浆里，只露出两只犄角，小羊想要用泥浆把毛发染得黑亮！

后来，小羊又在蜻蜓的小溪里花了大半天洗刷，他想把四只蹄子磨得光亮。

衣服和鞋子是可以模仿的，但是那些让众人听得津津有味的古老而有趣的故事要怎么拥有，怎么模仿呢？

小羊绞尽脑汁，最终想出一个办法：

"这得私下偷偷问山羊大侠。"

第二年的冬天，山羊大侠又来到了村子附近的山谷里晒太阳。小羊毕恭毕敬地来到山羊大侠面前，低下短短的犄角，拜过山羊大侠并问道：

"大侠，请问我的黑衣服和您的已经很相像了吗？"

然后又侧过身转了几圈来展示自己的新衣服。山羊大侠微笑着说：

"差不多一样了。"

小羊一阵兴奋之后又不慌不忙地抬起自己的蹄子说：

"那我的蹄子呢？怎么样？"

山羊大侠说：

"得再刷洗一下，还有点脏。"

"我昨天才刷洗打磨过的。"

"要有爱干净的习惯，每天都刷洗是最好的。"

小羊不解：

"我想问我的蹄子有您的锃亮了吗？"

山羊大侠笑了：

"我的蹄子锃亮是因为我每天都在路上驰骋，路上的草木和吹过的风已经帮我打磨好了。"

小羊还没听懂这句话的意思就已经兴致勃勃了：

"这么说像您一样成为大侠的三个要求我已经有两个合格了，现在请您告诉我，怎样才能获得那些脍炙人口的有趣故事呢？"

山羊悠悠地说：

"这个有些难，得亲身经历过才会明白。"

"我想要经历这些，您帮帮我吧。"

"那你得多出去走走。"

小羊立刻叫起来：

"我想和您一起闯荡江湖。"

山羊大侠点头同意了。

这天上午，两人一起上路了。才走到村头，小羊的双眼里就散发着兴奋的光芒，仿佛已经看到了波光粼粼的水面和有人正在水里撒花的清香小溪。

山羊大侠停下了脚步。

小羊不解地问：

"这才没走多远，您怎么停下来了？"

山羊大侠说：

"在那下边，清早灿烂的阳光正洒在吊脚楼的柱子上，绿叶在阳光的照耀下熠熠生辉。这个小村庄刚从冬日中醒来，正迫不及待地享受着春日的阳光，温暖而晴朗的一天开始了，好不快活！"

但是小羊并没有注意到，仍然兴奋地看着远处。

山羊大侠说：

"你在想什么？"

小羊回答：

"我在想我们准备要经过的那条散发着清香的小溪。"

山羊大侠说：

"你听到下面村子里……"

"什么？"

"村子里早上发出的属于清晨的声音。"

"嗯，我家就在这个村子里，有什么不一样的吗？"

山羊大侠又悠悠地说：

"早上鸡从鸡圈里跑出来的声音，在鸡圈里'咯咯咯……哒哒哒……'地狂欢了一整夜后，现在公鸡精神饱满地出来了。喔唷！那边几只母鸡这么着急是有什么事吗？看起来真是各有千秋。但仔细观察，各处都在熙来攘往地忙着。鸡的脾气很好，他们喜欢在园子外捡食三叶虫，实际上他们很会统筹规划，这么一来吃早餐和打扫园子便一举两得。再说冬天到了，鸹鸟也回来了，鸡群就更要早起出来觅食了，否则鸹鸟就会抢在他们之前把三叶虫一扫而光。哦，你看见了吗？几只小鸡正茫然呢，看哪儿都觉得陌生、新奇！太新奇了！今天是他们第一次离开鸡圈，他们刚刚离开母亲的怀抱，练习独自觅食……"

小羊激动地说：

"噢！"

鸡群在即将种下白菜的园子里沉迷于捡食三叶虫，发出各种各样的声音，小羊认真倾听、感受着这些多彩的声音。

山羊大侠说：

"要爱上自己身边看到的景象，还要喜欢上自己还未亲眼看到的，那些古老的故事里描写的景象。"

小羊琢磨着这句话，认为山羊大侠说得很对。

从那以后，每当冬季来临，小羊和他的伙伴们都会将许多发生在村子里的故事讲给山羊大侠听。那些以前从来没有注意到的，发生在自己身边的趣事，实在是太多了。

山羊大侠竖起耳朵，饶有兴致地听着故事，就像以前村里的动物们听他讲述那些离奇的故事一样。

# 母西洋鸭的故事

 在鸡家里发生的骇人听闻的死亡事件没有影响到同一个院子里的西洋鸭一家。西洋鸭胆子很大,很少会被外界事物所影响。

这个住着鸡和鸭的村子里还住着两只白西洋鸭,那会儿还有一群小西洋鸭,但是现在都已经没了。倒不是因为生病,而是因为别的不幸的事情。

漫长的生活,在延绵不绝的浩瀚时光里、在所有物种渺小的心灵中都留下了印记。对于这一类,尤其是那些一生只活在一个地方的动物来说,恰恰相反,在支离破碎的时间里,只有现前一些小小的伤痛会留下印记,其他遥远的事情就不值得考虑了,这就是现实的生活。

有一些小动物,他们也小心翼翼地活着,他们没有伤害别人,也没有抢夺别人的空气,就像蚯蚓、蚂蚁这样的

小生物,也根本不会引起众人的注意。

　　数一数那群小西洋鸭,总共有六只,六颗漂亮的
脑袋,六双黑黝黝、滴溜溜而又迷茫的小眼睛,徘徊在母
亲粗笨的双脚边。他们母亲的性格也像双脚一样"粗",愚
笨到令人憎恶。她着实是一个无聊的婆娘,脸上任何时候
都挂着迷茫的表情,什么时候都扭搭得像一个进城赶集却
被人偷走包的乡下婆娘。每次举步双脚都别扭地打个圈,
使得整个身体都晃荡起来,看起来特别地笨拙。也正因为
她不自知的愚笨、迟缓,她杀死了自己的一个孩子。

　　有一天,阿勒把玉米拿到院子里喂西洋鸭,母西洋鸭立
即冲了过来,她的孩子们也全都跟着跑起来。他们相互拥挤、踩踏,
你争我抢地爬上装玉米的盆子。母西洋鸭站在外头一粒一粒地啄食玉米,然而
孩子们挤满了盆子,挡住了母西洋鸭,使得她吃不到盆里的一粒玉米。母西洋鸭
一生气,也抬脚踏进了瓦盆里,随后把另一只脚也踏了进来,她站在盆里低头进
食,争着吃掉了孩子们的食物。她的一只脚蹼——一层膜连着三个叉开的脚趾
的那只脚蹼——踩到了一只小西洋鸭的背上。小西洋鸭惨叫起来,但是母西洋
鸭却浑然不知,还是死死地踩在小西洋鸭的背上,若无其事地啄食玉米。直到
她伸嘴去吃另一处的玉米时,才把脚移开,可怜的小西洋鸭已经没办法再站起来
了,他的背脊已经被踩断了。

　　吃饱后,母西洋鸭拍拍翅膀带领着五个孩子到池塘里游泳,也不管有一个
孩子受了重伤,还瘫在那儿苟延残喘,不知她知道这件事后是否还能泰然自若。
到了下午,这只小西洋鸭就死了。这自然不是母西洋鸭的过错,因为她还是伸缩
着脖子,摇晃着尾巴,嘴里还嘎嘎地叫着,表露着一种无稽的、傻呵呵的快乐。

　　一只小西洋鸭就这么死了,十天后,又有两只小西洋鸭也死了。两只小西洋
鸭在池塘里游泳的时候,他们把头钻到了岸边,立刻就被黄鳝扯进了洞穴中。家
里的孩子们前去寻找她们的时候,只看到两撮西洋鸭尾巴在水里翘着,他们的

头被夹在了洞穴里，被黄鳝啃出了一个窟窿。

现在就只剩下三只傻乎乎的小西洋鸭了。

又有一天，母西洋鸭带着三只小西洋鸭到田野里玩耍。突然刮起了一阵风，然后不知从哪飞来了一群苍鹰，在稻田上空盘旋。他们在空中飘忽飞翔，在一片片白云里穿梭，刺耳的叫声响遍苍穹。

苍鹰们并不是一直在广阔高空上玩"老鹰建井口"的游戏，他们盘旋着飞来飞去，时不时地会俯冲向一块空地，或是找到一条小溪去洗澡或觅食。

这天，有一只小苍鹰正在高高的空中盘旋着，突然倾斜翅膀俯冲下来，他看到了诱人的食物，那正是在田野里悠然自得玩耍的三只小西洋鸭。苍鹰冲到了他们面前，伸出了铁丝一般的爪子攫走了一只小西洋鸭，然后噌地一下又飞上天去。他找到一处空旷僻静的地方松开了小西洋鸭，把他啄死后吃掉了。过了一会儿，另一只苍鹰也冲下来捉走了一只小西洋鸭，小西洋鸭的惨叫声响彻云霄。

母西洋鸭显然也清楚地听到了那些求救的叫声，因为她引颈侧目看向了天空，但是片刻后她又摇摆着尾巴，开始低头啄食。仅剩下的一只惊骇的小西洋鸭钻进了母亲的怀抱中，然而他的母亲却毫不在意。就这样，两只小西洋鸭被苍鹰捉走吃掉了，若是换成母鸡，她是不可能就这么安静地让这件事情过去的。不论生死如何，母鸡都会耸起羽毛跑过去和苍鹰打起来，而这边，母西洋鸭看起来却像是从来都不知道这些烦恼。母西洋鸭从容不迫地带着小西洋鸭回去了，脸上的神态和出门时一样坦然自若。

六只小西洋鸭只剩下最后一只，院子里刚经历了一场死神的洗劫，显得更冷清了。院子的门大开着，没有上闩，楼梯上泥土冲刷过的地方已经长出了青苔，再也没有西洋鸭的脚印出现在上面。

黑夜幕降临，西洋鸭一家睡在鸡圈下，小西洋鸭睡在母亲身边，把嘴藏到母亲的翅膀下。她们一直都睡在那儿，邋遢的西洋鸭认为睡在那儿已经算干净的了。

一天夜里，有一条毒蛇从池塘里爬上来，他的身子有一根扁担那么长，黄黑相间，因此人们叫他金环蛇。他沿着池塘边爬，嗅到了鸡圈里的腥味，便爬了进来。金环蛇发现了三只西洋鸭，于是抬起头，颈部变扁，嘴里呲呲地吐着信子。两只成年西洋鸭慌忙逃跑，因为金环蛇号称家禽家畜的"三十恶煞之一"。也不知道西洋鸭夫妇是不是因为害怕而逃跑，说不定他们根本不会害怕。小西洋鸭跑得慢，被金环蛇咬了一口，可怜啊，他趔趄着趴下，挣扎了一会儿就死掉了。金环蛇缓缓地爬走了。

第二天早上，阿勒看到小西洋鸭的尸体躺在那里，又看到一条长长的、光滑的泥痕从池塘里延伸到鸡圈前，阿勒立刻意识到小西洋鸭是被蛇咬了。他跑回屋里大声呼喊，孩子们纷纷出来围观，他们相互拉扯着对方，蹑手蹑脚地一步步上前，仿佛在担心那条危险的毒蛇还在这附近。

阿勒抓住小西洋鸭的脚提了起来，他把玩着说：

"可惜了，怎么就被蛇咬死了呢？这肉吃起来可是相当鲜嫩啊，待会儿我就向老爷把这鸭讨回去吃……"

"吃？"

"有什么奇怪的！前几天那只斗死的鸡我也带回去吃了，只需要把他的嗉子除掉就行了，好吃得不得了。这遭的什么孽，正闹饥荒呢，有肉却要白白扔掉。"

"可是这只西洋鸭被毒蛇咬了呀，是有毒的。"

"照吃不误，我才不怕。"

孩子们傻了眼，他们十分肯定地认为，吃了被蛇咬死的西洋鸭，阿勒会立刻死掉。阿勒把那只西洋鸭带回家吃了，然而第二天早上，阿勒还是像往常一样到池塘边挑水，面色仍旧红润，肚子也没什么异常。孩子们围拢过来：

"你把那只西洋鸭吃光了吗？"

"差不多了。"

"那你不怕蛇的毒液吗？"

阿勒压低声音，神秘地说道：

"有什么好大惊小怪的，煮西洋鸭的时候把一根银针放进锅里，银针和蛇是相克的，这样一来蛇毒就会扩散到水里，把水倒掉就可以吃了。"

孩子们面面相觑，对这个妙招十分佩服。

最后一只小西洋鸭也死了，这群小西洋鸭从此就消失了，再也没人记起他们，就连他们的父母也对这件事翻篇了。

夏天过去了，院子里落满了苦楝树的花，西洋鸭夫妇循环着原来的生活。公西洋鸭身上的羽毛白净，他的体型是母西洋鸭的两倍。西洋鸭这类物种，一直都是公的比母的体型大，而在他的喙的尾端，还有一些红色的突起，它厚实、呈紫红色，就像在前额上长出了鸡冠花，要是这些突起比较小，还能让人误以为是西洋鸭长的青春痘。那些红色的突起像一颗蘑菇那么高，即使是一只白净的西洋鸭，长了这些红色突起还是令他看起来丑陋了几分。

还有其他种类的西洋鸭，有的是黑绿色，有的黑中透着白色斑点，就像在冬天穿着打了补丁的破裙子去赶集的乡下老太婆一样邋遢。但也因为他们的性情，人们对他们总是爱不起来。

公西洋鸭是出奇地桀骜，要是被人追赶，他也只是不慌不忙地往前跑几步，然后又伸长脖子回过头来挑衅。如果只是遇到一般的追赶，他还会反击追他的人。他不像家鸭一样胆小，家鸭无论何时都在愣愣地凝望、聆听，稍有动静就会开溜，不过也是天性如此。

像西洋鸭这么呆头呆脑的也不会有什么心机。有一次，一个小孩从野外摘了两片红薯叶，他把两只西洋鸭摁在地上，用红薯叶把他们的双眼都严严实实地遮了起来。两只西洋鸭睁开眼睛，看到自己眼前被一片绿色所覆盖，就忘了自己身处何方，他们以为自己正在一片鲜嫩多汁的草丛里啄食。两只西洋鸭蜷起脚蹼，静静地趴在原地一动不动，直到那两片红薯叶干枯打蔫，他们抬眼看到了太阳，才吃力地爬起来，不慌不忙地前行，在院子里留下沉重的脚步声。

有一天，公西洋鸭无精打采地来到了巷口，他懒散地向前走着，摇摆着身体和双脚，甚至连短小的尾巴也跟着一起摇摆。无意间遇到了一个三四岁左右的小孩正一个人蹒跚地往巷子里走，巷子又窄又深，两边还种有高大的苦楝树。这些苦楝树的树干霉白，树干上沉甸甸地挂着熟透了的深黄色的苦楝果。那个小孩看到了西洋鸭，他光着膀子和屁股，一点儿也不惧怕这只西洋鸭。小孩伸手抓住了西洋鸭的头，西洋鸭也毫不畏缩，对着小孩的肚脐眼啄了一口。小孩觉得无聊，就松开了西洋鸭，但西洋鸭不肯罢休，他继续啄，这一次把目标转向小孩的下体，而且正中目标。西洋鸭接着对准小孩的肚脐又拉又咬。

小孩挣扎着大喊："妈妈！妈妈！"等到大家跑出来的时候，他已经费力地把西洋鸭习顽的喙从身上扯开了。谁都没想到呆滞的西洋鸭刚才竟和小孩打起了架。小孩还不懂得把前因后果叙述清楚，只在那儿哭，而西洋鸭还厚着脸皮站在那儿，傻愣愣地伸长了脖子向众人"寒暄"。


屋后有个种着芥菜的园子，这块地从那边的园子角落一直连到池塘边上，滋养着阿勒种下的几垄青菜。同样是在院子里，但是阿勒把菜园的四周都结结实实地围挡起来，为了提防这些调皮的鸡鸭前来破坏，只开出一条进出园子的小门缝，阿勒每天都会提着罐子去浇两次水。

四垄芥菜整齐地排列着，鲜嫩的绿色铺在黄褐色的泥土上。有的芥菜才长到脚板的高度，刚抽出两三片小叶子，绿油油的锯齿状的叶子弯向地面。这些菜是种来做腌菜的，过春节的时候吃。也有的芥菜已经长得很高了，叶子上的锯齿也更深了。茂盛的菜叶中，突兀地长出了一根粉白色的枝干，枝干顶端稀稀拉拉地长着一簇小花，这些黄色小花星星点点地开放着，那是已经老了的芥菜，可以摘来做腌菜了。无数不知从哪儿来的白色菜粉蝶相约而来，他们成群结队轻盈地在花枝上翩翩起舞，他们只在花枝上方飞却不作停留。这些白色的身影和绿叶丛中的黄花交相辉映，给园子增添了不少生气，仿佛春天的脚步又近了些。

这天，忽然下起了若有似无的毛毛雨，萧萧的北风中，细如牛毛的雨滴在漫天飞舞着。这么个漂亮的园子，却在光天化日下遭了贼，整个园子都被刨了个遍。只因为那天阿勒到园子里浇水，出来的时候忘了把园门闩上，过了一会儿，只听见吭哧吭哧的鼻息声还有趵趵的脚步声，然后篱笆边上出现了黄色的喙，呆痴的双眼和一颗深红色的脑袋。看到篱笆园子门敞开着，一双短撅撅的双脚也抬了起来：哦，公西洋鸭正抠唛着试图攀进园子呢！公西洋鸭刚进到院子里，正站在那

儿悠然地审视着园子里令人花了眼的一大片绿油油的芥菜，这时园子外又传来了脚步声，又有一颗红色的脑袋探了进来，母西洋鸭也窜进了园子里。

天啊！这简直令人狂喜，这么鲜嫩多汁、美味可口的绿叶可不多见。西洋鸭夫妇埋头啄食着芥菜叶，他们一片一片地、嬉皮笑脸地吃着这些嫩叶，甚至干脆在两垄菜之间趴下慢慢地"享用"美味。西洋鸭夫妇一边吃一边饶有兴致地摇晃着尾巴，没过多久两垄芥菜的一角已经被他们一扫而空，只剩下地里面光秃秃的菜根。你问他们吃累了吗？不，还没有，只要拍拍翅膀，站起来稍作休息，过会儿就可以继续战斗。他们一刻不停地大快朵颐，整个园子的芥菜无一幸免。雨还在飘飘然地下着，菜粉蝶在雨中翩翩起舞，两只喙、两双脚把整个园子摧残得破败不堪。

这一场破坏正翻天覆地地进行着，一个小孩走到院子里，路过篱笆缝的时候看到了这个场面，他急忙跑回了家。

阿勒慌里慌张地赶来，他咬着嘴唇，怒气冲冲的步伐噔噔噔地踏着，简直可以踩死一条狗。芥菜园子被侵夺了！芥菜园子被侵夺了！乡亲们啊！阿勒的园子出事了！

阿勒瞪大了双眼看着园子，两只西洋鸭还在埋头苦吃，丝毫没有发觉他的到来。直到阿勒走进院子，走近身边，他们才抬起双眼看了阿勒一眼，然后又立马低头不停地啄食菜叶。阿勒就阿勒呗，西洋鸭夫妇不认识他，或者说他们不需要认识阿勒才对。门开着那就走进来，有鲜嫩的叶子就敞开了吃，再简单不过的道理了，但是人们却不这么简单地认为。

阿勒抬腿踢了公西洋鸭一脚，他飞窜起来，往西边的篱笆缝钻，母西洋鸭也被同样地踢了一脚。他们吃力地爬起来，在这个仓促的时刻，他们却找不到离开园子的路了。他们伸出脖子不停地往地上探，睁大了双眼齐声叫道："嘎嘎！怎么回事！怎么回事！"

阿勒不停地踢，小孩不停地起哄，每跌倒再吃力地爬起一回，两只西洋鸭把脖子伸得更长，两只喙吧嗒吧嗒地啄向对方，仿佛在相互打气然后共同抗敌。

阿勒不停地打，西洋鸭这类动物真的很抗打，任凭人们怎么打都只听见啪啪的声音，而他们还是若无其事。随后，阿勒拎起两只西洋鸭的脖子，把他们关进了鸭圈，然后仔细地把门上的两根闩都闩好。

西洋鸭夫妇被囚禁了起来，直到那时候，他们还是不明白发生了什么，仍伸长脖子大叫，十分倨傲。

三天后，两只西洋鸭被放了出来，他们拍了拍翅膀，抖了抖腿，在院子里东奔西跑。突然间，公西洋鸭嗖地一下就飞了起来，母西洋鸭也展翅飞了起来，两只雪白的西洋鸭飞到了半空中，在竹篱笆那头若隐若现。他们甚至飞到了田里，这实属一件奇异的事，西洋鸭什么时候像苍鹰一样在天上飞过呢？其实西洋鸭也是会飞的，而且可以飞得很高，但是他们很少大显身手让天下人知道。一定是他们这几天被闷得发慌，现在吃饱喝足了就飞上天放松一下。

阿勒拔腿在后面追，两只西洋鸭降落在了田里，他捉住了两只西洋鸭，拎着他们的脖子，吃力地拉扯着回家了。

第二天公西洋鸭就被判决死刑了。

人们摆好了一只碗，一个孩子抓住了公西洋鸭的两只翅膀，把他往高处提拉着，另一个孩子抓住公西洋鸭的双脚，阿勒捉住他的脖子，拔光了喙下方的一撮毛，把刀架在那个地方用力一割，鲜红的血液就流进了碗里。公西洋鸭睁开眼呼噜呼噜地喘气，然而他的眼皮已经无力再睁开，又紧紧地闭了起来，他奋力挣扎了最后几下，就死了。

母西洋鸭站在一旁，茫然地看着眼前发生的一切。她在想什么？母西洋鸭还是快活地伸缩着脖子，仿佛一个神仙，事实上她也不知道人们聚在一起是在干什么。这类动物什么都不记得，什么都不知道，一件事过去了，就仿佛这件事从来没有发生过。母西洋鸭只记得有玉米、谷子、芥菜的时候就要冲上前去大快朵颐。

102

母西洋鸭没被杀死，她只被剪掉了翅膀顶端的部分，以防她再乱飞，但是她的故事是真实的。我爷爷说：

"等到腊月二十八，就送她去朝拜灶神。"

# 发誓的鱼

每年到了春末的三月份就会下起春雨，现在是三月末，每天都会吹来一阵温暖的东风。一些瘦小的鸟儿，像啄花鸟、鹪鹩、白颊鸟、绣眼鸟，在整个寒冷的冬天里都不知所终，现在都跟随着春风一群群的逍遥闲适地飞回来了。

不计其数的粗大雨点仿佛长出了双脚，从远处咯噔咯噔地跑来，每一刻都变幻着速度。春雨淅淅沥沥地下着，村庄里、田野上都笼罩着一层白茫茫的雾气……

每当下起新雨，就会有鱼群浮到水面玩耍。人们都说下新雨的日子是鱼类的庙会，是他们的春节。

"您从哪儿来？"

"我们是从红河来的。"

攀鲈鱼圆润的双眼瞪得更圆了，露出不可思议的表情：

"从红河那么远的地方来啊？"

"那可不！"

"你们竟然能跃过红河的堤坝？"

"那可不！"

攀鲈鱼们问完了心中的疑惑，又开始质疑起来：

"跃堤坝？那么高的堤坝能跃得过？在这之前什么时候有河鱼能随着雨季来到田里？像草鱼、鲤鱼那么厉害的鱼都不一定能跃过堤坝！"

于是整群攀鲈鱼聚到一起说：

"这几位吹牛呢！"

只见红鳍鲌从容不迫地回答道：

"不信就跟着我们来看看呗。"

于是攀鲈鱼就跟在了红鳍鲌身后。

那天早上，两群鱼一起游到了一片广阔的水域，他们正雀跃的时候，突然迎面撞上了一面冰冷的水泥墙。向上看，只见这面“墙”上有一座建筑巍然立在水中，整面恢弘的“墙”在水面上映出若隐若现的倒影。

红鳍鲌抬头看着那座建筑说道：

“呐，我们就是从这儿跃过来的。”

攀鲈鱼直眉瞪眼地问：

“那头就是红河？”

“对，那头就是红河。”

“你们竟然能跃过来？”

“那可不！”

那个地方有天然的漩涡源源不断地从深处翻腾着，没有风吹，但是水流不知从哪儿卷来，冲散了两群鱼。在漩涡的中心，还可以看到原本生活在红河的鱼群接踵而至，红鳍鲌、条鲦，就连清瘦的虾虎鱼、鳎目鱼也紧随其后。一条条白色的鱼游上前来，摇头摆尾的，他们恐惧、茫然了一会儿，适应了之后就突然间感到十分畅快、闲适了。下过新雨的水域太温暖了，随即他们就摇动尾巴地游到了正在嬉戏打闹的鱼群中。

红鳍鲌大叫起来：

“那儿！在那儿！我们的同伴上来了！水花溅得真大！”

攀鲈鱼们瞪大眼睛看着四周，嘟哝道：

“太了不起了！太厉害了！”

每到下新雨的时候都会有成群结队的鱼前来玩耍，下新雨的日子就是鱼群们的庙会，就是他们的新年。下雨时，田野上、村庄里都是白茫茫的一片，还能看到成群结队的鱼在雨中蹦跃，听起来仿佛有鸟群在湖泊、田边水沟的水面上振翅飞翔一样。

从那年起，只要三月下了新雨就会有无数的鲤鱼、鲮鱼、条鲦、红鳍鲌等河鱼从红河逆水而上，来和田里的鱼一起玩耍。

攀鲈鱼对红鳍鲌跃过堤坝的才能惊叹不已!

但是，还有一个攀鲈鱼不知道的有趣细节：正是得益于大坝上的电灌站，红鳍鲌才能顺利跃过堤坝。丹怀电灌站把红河的水灌到了农江里，就顺势把鱼群吸上来了。

# 花斑狗啊花斑狗

V花斑狗啊花斑狗，现在家里只剩下你和我了，每一次分离都是令人难过的，但那又能怎么样呢？我没法养活你们这只会吃的一家，你的母亲吃得太多了，但也只有这样她才有足够的奶水。你们一直吸食母亲的母乳，太令人心疼了，我知道，我都知道。所以我得少吃点把饭让给你母亲，你知道吗？

然而你母亲仍然一天天消瘦下去，胸前晃荡的乳房也一天天瘪下去，可是你们还是整天追着要喝奶。我得把你们分成AB两组，再把她轮流派到A组和B组喂奶，这样你母亲才能有点人样。这么想也算有点慰藉了，但是你母亲也太没良心了，不知道跑哪儿去了！

算啦，现在就只剩下你还在我身边了，花斑狗啊花斑狗。

我就一个人这么嘟囔着花斑狗的一家，我也在骂自己。我要怎么办才能找到足够的食物填饱他们一家的肚子呢？有时候我也会遭到埋怨，因为我不会像其他人一样，用养宠物狗的方式养他们，宠物狗在冷天有大棉衣穿，还时常被人抱在怀里，有肉酱吃，有牛奶喝。

母狗说不定在记恨我吧！算了，别想这些乱七八糟让人难过的事了……

花斑狗是这一窝狗里面年纪最小、个头最瘦小的一个，也是长得最丑的一个。A组的毛发是纯白的，B组的是带斑点的，他们的样子都很好看，所以很快就都被人认养了，现在只剩下花斑狗没人要。我不敢在花斑狗面前说这些，担心他会难过。

只要我有一口饭吃，就会分花斑狗半口，他吃得多所以长得快，个头也高，毛色也亮，唯独他毛发的颜色不怎么受人待见。

我喜欢花斑狗是因为他炯炯有神的眼睛，他澄明的眼神里透露着一股机灵劲，眼珠滴溜溜的，仿佛能听懂人说的话。有时我感觉他那两只竖起来的耳朵只是个摆设，因为他是通过眼睛来体会人说话的。

我用手在他的鼻子、眼皮上抚挠，捋了捋他那两排黑色的胡子，他咧嘴露出了洁白的牙齿，欢快地抬起了一只前脚同我玩耍。我很想一整天什么都不做，只和花斑狗玩耍，但那怎么可能呢？我得去干活才能给自己和花斑狗挣口饭吃呀！

一天早上，我把锄头挂在了厨房的门上，今天要到地里给土豆培土，收成好了好在春节期间拿到集市上卖。

我呼唤道：

"花斑狗啊花斑狗！"

花斑狗正在太阳底下和自己的影子玩耍，听到我的呼唤赶紧跑了过来。我命令道：

"听好了！"

花斑狗眨了眨眼，仿佛在说："我听着呢。"

"我去田里干活了，你在家要好好看门。"

他蹲坐在两只后腿上，两只前腿直立着。

"我教你防贼的方法哦。"

花斑狗竖起了耳朵，我吓唬道：

"要是小偷知道你在看家就会把你杀了。"

　　他用一只脚捋了捋胡子，一副"你不用担心"的样子。

　　"要是小偷扔进来一个地瓜，你别因为贪吃就立刻冲上前去叼那个地瓜，那个地瓜被他烤得很烫，一旦吃进嘴里，两排牙齿就会立马脱落，你就没法大叫报信了，听到了吗？"

　　我看到花斑狗点了点头，表示明白。

　　"他要是扔进来一把米饭，你只要舔一口就会瘫倒在地了，因为那是他的毒饵，你死了他就会到家里把我的东西全都偷走，听明白了吗？"

　　花斑狗静静地坐着，看到我走出了家门，他姗姗地跟在我身后，看着我把院门闩好。我突然想起了什么，又回过头对他说：

　　"我再叮嘱你几句。"

　　花斑狗睁大双眼，摇晃着尾巴，仿佛在说："我听着呢，我听着呢。"

"有时候小偷已经在田里风餐露宿了一整夜,他的身上已经没有臭熏熏的气味了,只剩下田里枯草的味道。这时候就算他来到你跟前,你也没法一下子发觉,然后他就会掐住你的脖子。等到把我的东西都偷光了,他还会把你捉走杀掉吃了,记住了吗?"

我已经走到了巷口,仍然看到花斑狗站在那儿对着我摇尾巴。他嘴里哼哼着什么,似乎在期盼着我早去早回,又或是他正自己重复着我刚才说过的话。

到了晌午,我回来了。肩上扛着锄头,泥浆溅到了膝盖那么高。我把拴门的藤草解开,花斑狗还趴在台阶上,嘴巴靠在爪子上,一脸淡然地看着我。他没有像往常一样兴奋地摇着尾巴跑出来迎接我。

我把锄头放下,疲惫地坐了下来。花斑狗来到我面前站好,曲起前爪作拱手的样子,他突然开口道:

"主人,家里来过小偷。"

我瞪大了眼睛:

"你会说话?"

花斑狗搣搣嘴说:

"那可不! 整天听您讲话,我肯定就学会了呀!"

"哦!"

"主人,家里来了小偷。"

我环视着家里,这时花斑狗把前因后果都说给了我听:"我问:'你是小偷吗?''对,我就是小偷。''你有让我吃了牙齿脱落的烤地瓜吗?''没有。''你有下了毒的饭吗?''没有。''那你来这儿做什么?''我来看看你家里有什么值钱的东西可以拿。''那你进去瞧瞧吧。'那个小偷就进到家里来了,像你刚才一样环视了家里的四周,然后他叽里咕噜地骂我道:'你个饭桶,家里什么都没有。'我对他说,等我主人回来后我会把你的原话转达给他。小偷又说:'但是我要把你绑走,你还在看什么,看我不揪着脖子把你提走!'这时我跳起来,在他手上咬了一口,又在他大腿上咬了一口。小偷用那边的一条破裤子擦了血迹就翻过篱笆逃走了。"

"哎哟,花斑狗啊花斑狗!"

然而从那天起,花斑狗就没再说过一句话。无论如何,我知道他是能听懂,而且会说话的。这只斑点狗虽然丑陋,但是非常聪明,他能说话,但是没人知道。

他应该比我还要聪明,因为他知道把小偷请进家里亲眼看看我家没有任何值钱的东西,而我还一直以为自己并不是家徒四壁。

有一次,花斑狗一连好几天都没回来,他是不是被小偷捉走了?他很聪明,应该不会的,但是他一直没有回家。

敢情他是跟着一条黑狗走了,我已经连续好几天看到那条黑狗站在我家门口。我真是太傻了,现在才想起这件事。

不管是哪条狗,自打出生以来就有胡子,公狗有,母狗也有。我的这只母花斑狗有两排胡子,我竟以为他是条公狗!

# 两只鹅的故事

"呃呃呃……"

几只竹笼刚散落在地，两只小鹅就探出了头，茫然地看着四周，接着他们踏出了笼子，跳到了地上。从早上被关到现在，两条腿都麻了。他们抬起头，摇摇晃晃地向前走，轻快的步伐显得格外愉悦。对的，确实是很舒适了，你瞧，他们踮起了脚，扑棱了几下短小的翅膀，这就是家禽类表达自己欣喜之情的方式了。

这两只小鹅是刚从集市上买回来的，他们被装在笼子里，笼口是用竹子编织门闩着。到了院子里，主人家才把笼子放到地上，把这两只小鹅放出来。这是两只健康漂亮的小鹅，他们短小的翅膀就像两片饭包草的叶子。

两只小鹅全身上下都还没有正儿八经地长出像样的羽毛来，只有鹅黄色的像棉花一样蓬松柔软的短毛，等他们长大些会再换一次毛。他们的喙还不像成年的鹅那么黑，是灰白色的，用力摁还会凹陷下去。两条腿上，叉开的脚蹼上还没有沾上一点污渍。两只棕黑色的眼睛无论何时都在滴溜溜地转，新奇地打量着这个世界，乍一看有点呆头呆脑的，然而要是有人伸手想要触碰他们的眼睛时，小鹅立刻会紧闭上双眼。无论从他们的步调还是身形来看，都透露出一股说不出的懒散、傻气，让人觉得他们不够活泼、乖巧。不过那只是他们的外貌罢了，不说别的，就说他们才刚刚出生不久，只有人的脚板那么大，但是已经透着一股机灵劲了，看起来乖巧极了。

刚刚把小鹅们放到地上，他们就缓慢地走了出来。他们走路的样子异常从容、悠闲，每踏出一步，身子也会跟着跨跨的脚步而摇晃。小鹅们郑重其事地在院子里踱步，端量着这个他们吃住的地方。院子很窄，里面种了许多茂盛的树，尽头是一个池塘，里面有一丛丛绿油油的水芋。在晴朗而又闷热的日子里，钻到水芋叶子下面一定会很凉快，很舒服。鹅舍建在院子的一个角落里，院子里还住了哪些小伙伴呢？也没几个，就是鸡、西洋鸭夫妇和一群叽叽喳喳的小鸡还有四只鸽子。

当两只小鹅从笼子里跳出来的时候，西洋鸭夫妇就已经围拢过来端详探问了。就像在那些小省城，每当有哪辆汽车开来的时候，车上的乘客下了车都会被当地的人们仔细地打量一样。

西洋鸭夫妇看着两只小鹅，呼呼地喘着气，两只矮胖的西洋鸭想要说什么呢？小鹅听不清。院子里那群小鸡的个头比两只小鹅还要小，他们很怕鹅，只在远处怯怯地徘徊，转圈。只有几只鸽子还没有注意到这两位新的住客，他们站在鸽舍顶上，摇头晃脑地吃着谷子，抖动着翅膀。

两只小鹅走了一会就停下来了，周围的鸡和西洋鸭一句话也不说。西洋鸭夫妇就这么静静地站着，几只小鸡默默地相互挤着。这时，小鹅麻利地问西洋鸭：

　　"二位吃了吗？"

　　公西洋鸭回答：

　　"吃了。"

　　母西洋鸭问：

　　"你们俩从哪来呀？"

　　"我们是从集市上来的。"

　　"来这儿做什么？"

　　一只小鹅张嘴咯咯地笑起来：

　　"您这问题问得真奇怪，我们来这儿还能干吗？我们也是像你们一样被人类带回来的呀。"

　　"哦，对！你们口才真不错。你们是什么时候出生的？"

　　"今年春天。"

　　"今年春天，今年春天。"公西洋鸭有气无力地走开了，嘴里重复着这句话。母西洋鸭也摇了摇短短的尾巴跟着丈夫离开了。对话就这么无缘无故地中断了，两只小鹅面面相觑：

　　"你也觉得无语吧？"

　　"确实不怎么样，这两只西洋鸭多昏聩啊。"

　　"还要装作比我们成熟老练的样子。"

　　小鹅岔开了话题：

　　"从早上站到现在，好累啊。"

　　"天啊，我也好累。"

　　于是两只小鹅一块儿卧在了番石榴树下，闭目养神。在睡梦中，他们想象这两只西洋鸭是呆头呆脑的，说起话来让人听着很不舒服。

事实上，那两只西洋鸭也确实很不起眼。本来西洋鸭这一类动物就没什么优点：身形丑陋，说话声调不好听，还说得傻里傻气的，反应也很迟缓。两只小鹅的看法也很对，但是有一点他们错了，那就是小鹅们年纪还小，考虑问题不周。有这么一件事：

两只小鹅从早上活动到现在已经很累了，正迷迷糊糊地趴着，依稀听到似乎有趵趵的脚步声。他们猛地睁开眼，看到西洋鸭夫妇还有那群小鸡正匆匆忙忙地往院子的另一头跑，那儿有一个盆，哦，原来他们是跑过去吃东西啊。现在是饭点，人们把拌了浮萍的冷饭倒进瓦盆里给家禽吃。这时，两只小鹅也觉得肚子好像在咕咕叫了。怎么会不饿呢？从早上在笼子里一路颠簸，被放出来直到现在也没吃上一口饭，早就饿得前胸贴后背了，所以两条腿也不由自主地想要跑过去吃东西。他们立马朝着装食物的盆子跑去，速度很快，他们向前伸长了脖子，两条腿飞不停地飞奔。天啊！呃呃呃，这得有多饿啊！

两只小鹅跑到了瓦盆旁，此时，瓦盆旁正上演着一番激烈的食物争夺战。两只西洋鸭争相向盆里伸长脖子进食，其中一只西洋鸭可下作了，干脆把脚跨进盆里趴在盆中间呼呼地吃。西洋鸭吃东西一向很马虎，他们把饭粒洒得到处都是。小鸡们相互拥挤着吃这些洒在外面的饭粒，一粒都不落下。一眨眼间，等到两只小鹅好不容易挤到盆前的时候，盆里已经光秃秃的了，他们一脸茫然，互相看着对方，无奈两只小鹅只好又一起回到院子的角落，蜷起腿趴下打盹。

晚饭的时候，两只小鹅哼唷哼唷地跑到饭盆旁，盆里的饭又像中午一样被抢光了。这时，两只小鹅不满地对西洋鸭夫妇撒气。母西洋鸭回敬道：

"往常我们夫妻俩还有那群小鸡总共就这么多饭，这些饭是给我们的，你们俩怎么可能吃得到！"

"哪有这样的！人类把我们带回来，那就肯定要给我们饭吃。"

"呵，那你们就去问问看吧。"

两只小鹅真的去问了人，又是那个看管院子、照料家禽的大哥。

"我们到这儿来您给我们吃什么？"

"吃饭啊，还能吃什么！"

"上哪儿吃去？"

"上哪儿吃？和那几只西洋鸭一起吃啊。"

两只小鹅记住了这句话，第二天他们又和西洋鸭一起进食了。看管院子的大哥往盆里放好饭就进屋了，西洋鸭和鸡争相抢夺食物，小鹅也赶紧推操着把头伸进盆里，但又被推得很远。果然还是西洋鸭的体型太庞大了，耍赖地趴在盆周围，只要有一个脑袋伸过来，西洋鸭就会立刻抬起头，小鹅就是这么被赶出来的。他们只比小鸡的体型大一点点，自然挤不过高大的西洋鸭。小鹅悻悻地把身子一扭，一个没站稳就跌倒了。只一小会儿，盆里的饭又被吃了个精光，小鹅再一次没有吃到一粒饭。他们又和西洋鸭吵起来：

"为什么又不让我们吃？主人都说这饭里头有我们的一份了！"

"一份？我不知道，我只知道我们吃饱了，饭就没了，你说的属于你们的那份在哪儿，我不知道。"

听起来似乎没毛病，小鹅开始畏惧起昨天被他们评价为"痴呆、昏聩"的这两只西洋鸭了。嗯，就是这两只傻呵呵、二百五的西洋鸭，但是他们还没这两位别人说什么都觉得有道理的老兄傻。西洋鸭把饭都吃了，其中就包括他们俩的那份，这下知道属于他们的那顿饭在哪儿了吧。

两只小鹅又踽踽地走开了，他们饿极了。以往偶尔不想吃饭的时候，他们就会低头吃一些沙砾，然而现在费劲地把沙砾都填满肚子之后，却感到更难过了。

院子旁边有一片草地，青草长得鲜嫩，然而这些嫩草刚长出来就被西洋鸭和鸡吃了个精光，一片小叶子都不剩。小鹅们费尽全力揉、拽，只拽出了一些老叶子，难以下咽。况且青草只是饭后小食，一般都是酒足饭饱后摘几片叶子吃，清新一下口腔，吃着美味罢了，就像啃芳香的薄脆一样，有多少次是可以只吃薄脆吃到撑的呢？小鹅扯到了几根草茎，上边一片叶子都没有，根本没法填饱肚子，但他们还是馋着嘴吃了，吃完说不定还会变得更饿了。

突然，一只小鹅叫起来：

"啊！"

另一只小鹅一头雾水：

"怎么了？"

"找到可以大快朵颐的地方了！"

"在哪？在哪？"

"那儿那儿……"

两只小鹅向着鸽舍的方向举目望去，四只鸽子正围在一起吃谷子。

"可能我们兄弟俩的食物在他们那儿。"

"没错。"

两只小鹅赶紧跑到鸽舍边上，盛谷子的碗里也没剩多少颗谷子了，但他们还是公然冲了进去，几只鸽子怯生生地四下飞散了，小鹅们埋头吃了起来。

这时候看管院子的大哥刚好从那里经过，瞥见两只鹅在吃鸽子的食物，便跑了过来。他捉起两只小鹅，用绳子捆住他们的脚绑到了黄皮树下。他们使劲儿挣扎了许久也没能逃脱。

实在是太生气了，小鹅拱起脖子闹嚷嚷地叫起来，震耳欲聋。看管大哥跑出来呵斥道：

"你们瞎叫什么？"

"因为你把我们捆起来了。"

"犯了错就要受罚，别胡搅蛮缠地叫了，吵死了。"

"是你欺负了我们。"

"我欺负你们？"

"你不给我们吃的。"

"我不给你们吃的？"

"对呀，所以我们只好到鸽子那儿去占便宜了。"

"那是谁把西洋鸭那盆食物都扫光了?"

"你看到我们吃了吗?"

小鹅叨叨起来:

"我们没和西洋鸭一起进食,那些饭只够西洋鸭吃。要是吃饱了我们早就去呼呼大睡了,干吗还要费神上这儿来吃鸽子的谷子脏了嘴。你让我们从昨天忍饥挨饿到现在,如今你还要把我们捆起来,这不是无理是什么? 你知道即使到集市上吃零嘴,我们也有两条腿一个胃,为什么你要这样束缚我们?"

看管大哥瞠目结舌,没法回答小鹅的话。再说了,小鹅说得也没错,看管大哥也忘记了在每顿饭里多加小鹅们的那一份。过了很久他才说:

"哦,我忘记了。"

"啊,您忘记了。您每次都忘记的话我们就要被饿死了呀,希望您把我们放

了，用饭食好好补偿我们。"

看管院子的大哥立刻给小鹅们松了绑，并拿来一笸箕的饭给他们吃。看管大哥实在是太好了，能虚心接受自己的错误，这也是两只小鹅的一大幸运呀！


然而西洋鸭夫妇和两只小鹅之间的纠缠还远不止于此，这不，看管大哥刚把吃饭的事安排妥当，现在住宿的问题又来了。

这院子里只有一个鸡舍和一个鸽舍，鸽舍单独安放在高处，鸡舍比鸽舍更宽敞些，但是要更破烂些。

鸽舍分成了两格，上面有竹篾编成的拱，鸽舍下面就是鸡舍。

在这之前的几个月，鸡群比现在要热闹得多。因为一场鸡瘟，公鸡、母鸡、斗鸡、掉光了毛的老鸡，冷不丁地就全都死了。鸡瘟太残酷了，只有这群傻乎乎的小鸡活了下来。

每天下午太阳从竹丛后落下去，阳光变得火红的时候，就快到鸡群要进鸡舍的时间了，鸡有夜盲症，睡得早。他们乱哄哄地叫着，相互挤在一起看着对方。小鸡们想念母亲，想念从前的一大家子人。夜幕降临的时候是家人团聚的时刻，他们在鸡舍门口发了好久的呆，谁都没有盼来母亲，感到更难过了。小鸡们不慌不忙地回到了鸡舍里，他们叽叽喳喳地相互叫唤，一直叫到天完全黑下来的时候才安静下来。在他们下方大概只隔了一片竹席的地方，是西洋鸭夫妇的住所，因为西洋鸭没法爬到高处。西洋鸭不喜欢住在鸭圈里，他们喜欢直接睡在凉爽的地板上。

一天下午，看管院子的大哥一直在训练西洋鸭，让他们习惯睡在封闭的鸭圈里。西洋鸭什么都不知道，他们不知道那些饥肠辘辘的野狗、狐狸正对院子里的家禽们虎视眈眈！熟悉了之后，每到傍晚，西洋鸭夫妇就慢吞吞地走进鸭圈，卧在竹板上。在他们上面，叽叽喳喳的小鸡们时不时地掉落一些脏东西到他们头上——也就是在他们头上拉屎，他们只能默默忍受。

这些从天而降的脏东西，一开始还能忍，但日子久了，谁都没法忍受。谁都知道现在正是闷热的盛夏，大人们都打着赤膊，扇子从不离手；小孩子脱光了跳进池塘里能泡上一整天；母狗和小狗趴在走廊上吐着长长的舌头不停地喘着粗气。

太闷了，太热了，太阳火辣辣地烤着，天地间热得仿佛一个大火炉。住在鸡舍下的两只西洋鸭也感到很闷热，很烦躁。要不是看管大哥习难他们，他们肯定早就像往常一样跑到外头，闲适地趴在凉爽的地面上了，然而那该死的看管大哥怎么可能让他们出来！两只西洋鸭只能缩在狭窄的鸭圈里，仿佛要窒息了一样。

现在两只小鹅又被赶进了这儿，真是太气人了。鸭圈里黑灯瞎火的，两只小鹅一刻都闲不下来，总是东转西转。他们一站起来，尾巴就会扫到西洋鸭脸上，趴下，腿又伸到西洋鸭这儿来。两只小鹅一会儿站起来一会儿趴下，折腾了一整夜，西洋鸭就是专门来受罪的！

怎么就这么苦呢！西洋鸭和小鹅又闹起了别扭：

"这是我们家，明天别再来这儿住了。"

小鹅争论道：

"您俩说话别那么难听，你们也和我们一样是从集市上买回来才住进这儿的，有什么了不起的。主人让我们到这儿住，我们就在这儿住！"

西洋鸭只好忍着，因为他们理亏，"家"也不过是人类给的罢了，于是一整晚西洋鸭和小鹅都在拌嘴，双方都很倨傲，但是即使每天晚上都吵个不停，谁也不让着谁，也吵不出个所以然来。两只小鹅已经表露出对这个地方的厌倦，因为这个鸭圈又矮又黑的，而且每天夜里上头住着的小鸡都把屎尿撒在他们头上。

鹅天生就爱干净，不像西洋鸭一样可以忍受邋遢。两只小鹅交谈道：

"我不想再在这儿住了，太脏了，你觉得呢？"

"我也是这么想的。"

"那我们应该去找别的住所，我受不了像别人一样卑下。"

"能上哪儿找别的住所！"

"你说什么？"

"我是说上哪儿能找到别的住所，想要去别的地方住，我们得去讨。"

"你是说去向看管大哥讨？"

"对！就是他。"

"我们去找看管大哥，让他一定要给我们建一所新的房子。"

但是两只小鹅找不到看管园子的大哥了。过了一会儿，一只小鹅又说：

"别找看管大哥了。"

"为什么？"

"万一他不同意怎么办？不如……我这儿有个妙招。"

"什么妙招？"

两只小鹅交头接耳，另一只小鹅听完，大声地叫了起来，表示赞许。

他们来到了水芋叶子下安静地趴着乘凉，等待太阳落山。

傍晚，夜幕降临，家里面的小孩子们已经跟随着太阳公公徐徐落山的脚步睡去了。看管大哥到院子里把鸽舍和鸡舍的门关好，刚才鸡群已经回到鸡舍了，两只西洋鸭也已经磨磨蹭蹭跨过了黑糊糊的圈门回到鸭圈里了，只有两只小鹅还在院子里来回踱步，怔怔地望着黑麻麻的夜幕。

看管大哥呵斥起来：

"你们两个家伙，我要关圈门了你们还不回去，呆头呆脑地待在这儿干什么！"

一只小鹅长叹了一口气：

"主人啊！太腻烦了。"

"有什么好腻烦的？每天就知道吃、喝、睡，还有什么好抱怨的？人们每天从早到晚劳碌还没说什么呢！"

"唉！我们觉得腻烦是指别的事。"

"什么事说来听听？"

"现在是夏天……"

"嗯，夏天……然后呢？"

"这个季节太闷热了。"

"对，夏天很闷热。"

"这个季节人们常常呕吐和腹泻，因为住在潮湿的环境里，我们家禽很容易染上瘟疫……"

"说得还挺有道理，然后呢？"

"您看到我们睡的地方了吗？小得跟个鼻孔似的，里边还要挤挤攘攘住着一群鸡，两只庞大的西洋鸭还有我们兄弟俩。这样的环境下太容易发生鸡瘟了，主人啊，今晚我们俩是不会进鸭圈睡的。"

"在那里面我们会生病而死的，而睡在外头我们会被野狗、狐狸拖走，无论如何，现在我们都难逃一死了。"

"行了行了，废话真多，我就直接问你们一句，你们想怎么样？"

"您真是通情达理，我们想住在别的地方，给我们建个单独的鹅舍吧！"

看管大哥哈哈大笑起来：

"哦，说得倒轻巧，我每天得拾掇园子，还要准备两顿饭，忙得不可开交，哪里有精力帮你们建鹅舍。别废话啦，天黑了，我要回去休息了，快回鸭圈里吧！"

"您帮我们建个鹅舍嘛！"

"呐！鹅舍！"

看管大哥拎起两只小鹅塞进了昏黑的鸭圈，然后猛地把圈门闩上了。鸭圈里，西洋鸭和两只小鹅又争吵了一整夜。


看管大哥最终还是得给小鹅建新的鹅舍，倒不是因为他们软磨硬泡，一直以来家里头就只有这么一个鸡鸭舍，不管养多少只鸡鸭都挤在里面。看管大哥不可能只是偏疼小鹅，建鹅舍的原因是他们的争吵。最后小鹅们搬出来自己住了，问题就解决了。

故事是这样的，之前每天晚上西洋鸭和小鹅都会因为鸭圈太挤而嘎嘎地吵个不停，野狗路过这儿，听到了鸡圈里热闹的争吵，总会停下仔细听，思索了一会儿，然后嘟囔道：

"啊，这儿又有不少新养的鸡了。"

然后他就跑去找老狐狸。在这附近，常常会有野狗和狐狸出没，专门偷鸡、鸭吃。

那段时间这一带正闹饥荒，人一闹饥荒家里的动物也就跟着闹了饥荒。

天啊，饥饿是最痛苦的了，人若是饥饿起来，这个世间也就没什么道义可言了。正因为这样，即使被轰赶没法靠近养着鸡鸭的院子，缺衣少食的野狗和狐狸也还是会觊觎里边的食物。话虽如此，但那里头只有两只大西洋鸭，他们拿西洋鸭没办法，因为西洋鸭体型庞大又健壮。有一群小鸡，可是他们睡在上层的鸡舍里，野狗和狐狸没法爬到上面。正当这群野狗和狐狸们一筹莫展的时候，突然两只野狗回来报信：

"有新的食物了！"

"哪儿？在哪儿？"

"就在那边的鸡舍里，刚才从那儿路过听到叽叽喳喳的声音。前段时间闹鸡瘟鸡不是全都死了嘛，现在看来是人们从哪儿新带回来的。有什么打算？"

"还能有什么打算！我们索性去把那群鸡捉回来吃了。"

"今晚就行动？"

"今晚就行动！"

当天晚上，几十只野狗、狐狸把鸡舍包围了起来，他们认为鸡舍里新来了很多鸡，其实只是多了两只小鹅罢了。因为西洋鸭和小鹅整夜整夜地吵个不停，所以野狗才会以为鸡舍里多了很多鸡鸭。

野狗和狐狸不会爬到鸡舍上层，因为太高了，而且被封得严严实实的，他们只在下面转悠，等待时机咬住他们的脚，拖走那么一两只粗心大意的鸡。但苦的是，怎么可能有哪只鸡没事会把脚伸出来呢？下层的鸭圈里也只有两只西洋鸭和两只小鹅，双方隔着门相互对峙着。

　　一大群野狗、狐狸浩浩荡荡前来的时候，鸡舍里的家禽们已经觉察到了。两只西洋鸭闭口无言，因为他们是老手了，一辈子都生活在这儿，还没有哪只野狗或者狐狸能碰到他们的脚尖。但是两只小鹅就很害怕了，他们一齐大呼小叫起来，住在上层的小鸡们也跟着纷纷大叫起来，整个院子里都萦绕着叽叽嘎嘎的叫声。

　　这么一来屋子里的人就听到了这些动静，两只魁梧的大狗气势汹汹地率先冲了出来，后面跟着看管大哥，手里挥着一根大棍，野狗和狐狸见状赶紧夹着尾巴溜了。

　　第二天夜里他们又来了，两只大狗和看管大哥又冲了出来。到了院子里，领头的两只狐狸和野狗已经带着队伍逃之夭夭了。就这样持续了好几个晚上，看管园子的大哥吃不好也睡不香，两条大狗也十分来气，整夜都吠个不停。

　　有一天，看管大哥站在院子里逗这群小鸡玩，他突然想到：以前西洋鸭夫妇自己住的时候根本没有狐狸和野狗来过，那两只乖戾的小鹅才来了没几天就把整个院子闹得沸反盈天了。要是一直这么放任下去，恐怕哪天野狗和狐狸真会把他们捉走，饥肠辘辘的野兽可是会拼命的。恐怕要给两只小鹅做一个单独的鹅舍了。"恐怕"两个字在看管大哥经过深思熟虑之后去掉了。是得费一番功夫给两只小鹅做个鹅舍了，否则他们会整夜乱哄哄地吵，还会引来这些强盗把他们捉走。

　　看管大哥无奈地说：

　　"那我就抽空给两只小鹅做个鹅舍吧！"

　　鹅舍建在了院子的另一头，两只小鹅住进了新屋。从那以后，再也没了争吵声，半夜里都静悄悄的。


　　新的鹅舍整洁、美观，在院子的斜角里，鸽舍旁。鹅舍建在了高处，用几块

125

新砖砌成楼梯通向舍门，四周被稀稀拉拉的竹子包围着，既凉爽又宽敞。鹅舍顶上是稻草做成的屋顶，可以遮阳挡雨。那儿地势高，又靠近屋子，即使野狗和狐狸风风火火地前来，也不敢到那儿放肆，家里养的两条狗鼻子可灵了。而且现在他们也知道鸡舍里其实没几只鸡，只是多了两只小鹅。野狗和狐狸也在筹谋呢，人类已经让那两只小鹅住在新的鹅舍里了，鹅肉吃起来也很香，要是能捉到那两只小鹅也不错。而且鹅的叫声很沙哑，很难引起人的注意，因此，虽然不敢探头到新鹅舍这边来，但是野狗和狐狸每天夜里都会在院子附近徘徊，双眼直勾勾地盯着鹅舍。两只小鹅什么都没有觉察，夜色浓郁，他们正待在新家里酣睡。

对西洋鸭、家鸭和鹅来说，野狗和狐狸是令他们惧怕的，就像小孩子最害怕那些长着十二只眼睛、喜欢拐小孩的怪物。怪物喜欢捉小孩，谁睡觉时粗心大意地把脚伸到床外就会被怪物拖走。但是鸡、鸭、鹅们害怕野狗和狐狸就不仅仅是像小孩子害怕怪物那样毫无根据了，他们是发自内心地害怕！一不留神，身边随时都可能出现凶恶的野狗、狐狸，因此母鸡、西洋鸭常常叮嘱孩子们不要一个人走在荒无人烟的地方。

这两只小鹅从小就离开了父母，他们没有母亲在身边叮嘱这些教诲，但好在他们俩很乖，尤其是年龄大的那只小鹅，他也曾混迹在各个地方，多多少少也能学乖不少。

下午，两只小鹅在院子里发了一会儿呆就慢悠悠地回鹅舍去了。夜幕很快就降临了，鸡群吵闹了一会儿就安静下来，屋里头隐约透出闪烁的灯光，簸箕那么大的月亮明晃晃地从竹梢上升起来。

那天夜里，大地笼罩在皎洁的月光下，明亮得如同白天，树影在院子的地上映得一清二楚。池塘边的草地上，萤火虫闪烁着微弱的光。高远的天空澄净明亮，一片云都没有。月亮圆润温柔，月光洒满了院子，照亮了鹅舍四周。

两只小鹅睡不着，站在那儿目不交睫地看着外面，皎洁的月光映在树叶上，反射出粼粼的光亮。要是现在能悠闲地在外面玩耍就太好了，在幽静的夜里能闲适地沐浴在月光下，真是太快活了。年纪较小的小鹅太想感受一下这样的景致了，他对哥哥说：

"我们兄弟俩到外边去玩吧？"

哥哥瞪大了双眼：

"你开什么玩笑！这么孤寂的夜里竟然想出去玩？天啊，你不知道深夜是野狗和狐狸外出觅食的时间吗？他们就等着把我们捉走吃掉呢！你别失去了理智，想在这个时间出去玩。"

小鹅没再说什么，但并不是因为他乖乖听了哥哥的话，因为过了一会儿他又说道：

"外面的道路好美啊，月色好明亮啊，今晚的月光亮得跟白天似的，应该不会有野狗和狐狸敢上这儿来转悠的。"

"难道他们上这儿来转悠还会提前通知你吗？"

小鹅硬梗地说:

"哦哟,你为什么非得这么害怕野狗和狐狸啊?他们有尖牙、利爪,但是我也有两条长腿,还有一张可以大声叫唤的嘴啊。要是看到了他们,我就跑回来,大声叫唤,屋里的人就会听到,两条大狗也会听到。人们就会提着棍子出来打,大狗也会咧着利齿出来咬,一起把他们赶走。哥哥!我还从来没在那么美的月光下出去玩耍过呢,一定很有趣。我们就试着出去玩一次吧,为什么非得在这一个地方缩着遭罪呢?月色那么亮,根本睡不着啊。"

说罢小鹅想方设法用嘴把鹅舍的竹篾撑开了一条缝。知道没法说动叛逆的弟弟,哥哥只能长叹了一口气。

不一会儿,鹅舍的门就被打开了一条口,可以随意钻进钻出。鹅弟弟对哥哥说:

"我去玩啦!"

"弟弟!"

小鹅已经飞奔到了院子中间,在月光下不慌不忙地行走着,他太喜欢享受这样的时光了。鹅哥哥只能在鹅舍里叹气,无奈地看着顽皮的弟弟走向了月光下波光粼粼的池塘。

过了很久,那会儿似乎夜已过半,鹅哥哥心里越发担心起来。这时候鹅弟弟不知从哪儿慢悠悠地回来了,他钻回鹅舍说:

"哥哥,月光美得仿佛置身仙境,明天晚上你跟我一起去玩吧!"

月亮落山了,院子里变得黑咕隆咚的,小鹅还在喋喋不休地描述在月光下玩耍有多有趣。哥哥什么也没说,小鹅显得更加自得了,一副不可一世的样子。


第二天夜里,月光还是明晃晃的,小鹅又出门去玩了。鹅哥哥不去,还是劝阻弟弟,这次鹅弟弟一句话也不回答,就这么只身跳了出去。

那天半夜,月亮落山的时候小鹅又从容地回到了鹅舍,什么事情也没有发生, 也没有遇到野狗和狐狸。

第三天夜里, 月光还是像前两个晚上一样皎洁, 小鹅又到外边去玩了。此时他的哥哥还是在家里担心得坐立不安, 小鹅已经走远了, 外头, 月亮播洒着银色的清辉。

突然, "呃"的一声, 令人毛骨悚然, 接着好几声"呃, 呃"在池塘边响起, 然后又恢复了平静, 月亮仍在播洒着银色的清辉。

夜已过半, 直到第二天早上, 也没看到小鹅回来。白天, 鹅哥哥来到池塘边, 他看到狐狸的脚印旁有几根绒毛和几滴已经干涸发黑的血迹。他安静地盯着这些痕迹, 突然大声喊叫起来:

"啾! 啾!"

也不知道是哭声还是长叹声, 草丛里没再像往常一样传来"啾, 啾"的回应。

# 盘贵和小·马驹

小马驹跟在母亲后面不慌不忙地走着，两只眼睛直直的，想来是正在发呆。但看他来回摆动的耳朵就知道，他其实是在专心聆听。盘贵跟着父亲到府通镇外的店铺里卖盐硝。从山脚下的刀村到店铺的距离可远了！盐硝像亮黄色的姜粉一样装满了苤篓，父亲把苤篓背在背上，盘贵坐在父亲前面，母马载着苤篓、盘贵和父亲。秋天的桑叶纷纷扬扬地飘落到小溪里，就像在空中闪烁游曳的金鱼。盘贵坐在马背上欣赏着这些落叶，落叶时不时地飘到脸上。小马驹嗒嗒地走在母亲身后，他似乎还很依恋母亲的乳房，哪怕别人嘲笑他他也不在意，母亲往哪儿走他都跟在身后想要喝奶。但其实不是这样的！春天刚过的时候，小马驹淋着雨回来，抖了抖身子，身上的毛发被抖得很蓬松，谁看了都夸赞他长大了。

小马驹就像吹了气一样长大了，有一次盘贵已经能骑着他走一段路了，这是真的！那次，他走了半天来到了集市上，盘贵先跳了下来，他拉着缰绳把小马驹拴到小溪边的桑树上，母马就在那儿休息，小马驹则站在母亲身边休息，也摆动着尾巴，就像其他从集市回来在树下休息的大马一样。


集市散了，父亲把小溪边的小马驹先牵过来，然后对盘贵说：

"现在有很多重物要驮回去，你骑这匹小马吧。"

盘贵看到装着盐的两袋尼龙包鼓得仿佛两头猪，由母马驮在背两边。这些沉重的货物已经占满了马背，没有地方让他骑了。

不知道这是不是小马驹第一次跟随母亲去集市，但这却是盘贵第一次独自骑马赶远路。

盘贵也背了一个小笆篓，里边装着肥皂、一个厨房用的三脚架和一条猪腿——怎么说盘贵也像父亲从集市回来一样背着笆篓了，像个大人了。

小马驹看起来很得意，表现在了鼻子上——如果是人就会显现在脸上！小马驹的鼻子光亮潮湿，乌油油的，时不时还翘起来。小马驹觉得自己已经长大了，可以做有用的事了，他可以驮着盘贵从集市回家，已经可以赶较远的路程了。盘贵刚把手搭在小马驹的鬃毛上，他就欣喜地摇摆起来。当父亲把缰绳绕到小马驹的耳朵上时，小马驹严肃地模仿母亲平时的动作：准备出发之前把马蹄噔噔地往地上叩。

走吧，小马驹先走吧！盘贵晃晃悠悠地爬上了马背，小马驹一脸正色、不慌不忙地出发了，和往常很不一样哦！因为人家背上还背负着很重要的人物嘛。

小马驹和盘贵在返程的路上一直都走在前面，能够打头阵盘贵感到很开心，盘贵回过头，咧开嘴笑了。父亲还在半山腰那儿经历着起伏坎坷呢，因为母马驮着一大堆沉重的货物。平时大家都很少上集市去！还要帮村里的亲戚们捎东西呢！母马的身上结结实实地驮了四口锅，他的小腿仿佛更加魁梧了。其他村子的马匹排着长长的队伍跟在身后，一眼望不到头。傍晚微风习习，仿佛在为他们哼着回程的小曲。

阳光慢慢消失在山头，远处的天际仿佛一片已经熟透了的橙黄色的柑橘园，片刻后又突然变成了靛蓝色，然后又慢慢黯淡下去。天色薄暗，慢慢地黑了，一颗明亮的星星闪现在森林尽头的高空上，静静地看着小马驹和盘贵。

有那么一小会儿，盘贵突然觉得周围有些寂静，天色完全黑了之后仿佛自己身边更加寂寥了。盘贵还是能清楚地看到父亲在自己身后，于是他就安心了。随后他又焦虑不安起来，他回头，还能听到许多马蹄在夜幕下嗒嗒行走的声音，于是他就又安心了。他只是讨厌天上那闪烁的星星仿佛一直在偷窥，让人感到不舒服。

过了一会儿，盘贵长长地叫了一声：

"哇哇……啊……"

身后的父亲也简短地回了一声：

"哇。"

盘贵大声说：

"天黑了，爸爸！"

父亲回道：

"赶马走快点吧！"

小马驹可聪明了，仿佛听懂了一般，自觉地加快了脚步。

盘贵还是没法安心，时不时地感到忧虑，夜晚很容易发生一些意外。现在看什么都和白天不太一样，小溪边的桑树白天的时候那么娇弱，现在枝头上仿佛站了一群妖魔鬼怪，正向盘贵头上打来几拳。盘贵缩了缩脖子躲开，又看到了另一些拳头，黑不溜秋、连续不断地向他打来。

小马驹只顾着赶路，他知道那些只是树枝的黑影，影子没什么可怕的，他飞快地踏着步伐往回赶。

盘贵还有一个顾虑，他担心小马驹迷路。他努力地看向地面，但是一棵草都没有，只听到一连串不知从哪儿传来的马蹄声。小马驹这么瞎跑，万一把我带进森林里就死定了! 盘贵听到自己胸膛里的心脏怦怦直跳。

　　盘贵又仰起头, 哎呀, 这是从哪儿传来的哗哗声? 好像是山泉正流进小溪的声音。但现在正是枯水季, 还没有山泉流下来呢! 这哗哗声在山脚下听得非常清楚, 仿佛就在耳边。是什么冰凉的东西打在了脸上? 盘贵被吓得险些丢掉手里的缰绳, 原来是飘落的桑树叶子。桑叶纷纷扬扬地飘落到了小溪里, 白天亮黄的桑叶飘到脸上都没有被吓到! 唉, 不过是风把桑叶吹到了自己脸上, 有什么好害怕的。

　　不害怕落叶了, 盘贵又开始了刚才的担忧。小马驹会不会迷路呢? 他一定比自己还要发慌。天已经黑好久了, 四周一片黑黢黢的, 什么都看不到。现在森林的尽头已经升起了好几颗闪烁的星星, 这些夜空中的星星正睁大了眼睛看向地面, 仿佛想要挑逗盘贵, 但是盘贵对此无动于衷。小马驹一脚深一脚浅地嗒嗒前行, 他正走在山间的石缝里还是小溪边的鹅卵石上呢? 白天哪有这么坎坷的地方!

　　盘贵急忙回过头大叫:

　　"哇哇……啊……"

父亲回应他：

"哇！"

盘贵大声说：

"爸爸，我们迷路了！"

父亲说：

"没有！"

盘贵说：

"爸爸，我们回到哪儿啦？"

父亲笑道：

"你不知道吗？我们到家啦！"

就在这时，小马驹停下了脚步。

现在盘贵才看出来，他叫了起来。厨房里正火光通红地烧着晚饭，母马的影子也出现在了身后，她也停下了。渐渐地，其他更远的村子的马匹消失在了夜幕中，马蹄的嗒嗒声近了又远，再越来越远。

盘贵的母亲正从屋里往外看，这时盘贵听到了小马驹身旁传来了轻盈的嗒嗒声，他知道是家里的狗从屋里跳了出来，像往常有马匹回到家门口一样欣喜若狂。

小马驹眼里仍然目光炯炯，静静地聆听，他抬起一只蹄子又放下，仍然像平时一样强劲有力，丝毫没有酸累。小马驹的脸上没有一点儿焦虑，他不像盘贵那样害怕，也没有像盘贵那样担心会迷路。

盘贵啊！你不知道这些罢了，马的记忆力可好了，就连小马驹也能记住回家的路。马是很聪明的，即使是走夜路，他们也能像白天一样，不管走多远，只需要走过一遍，他们就能永远记住路了。

# 迷路的鹧鸪

从前有句话叫："茫然得跟迷路的鹧鸪似的。"这句揶揄鹧鸪的玩笑话直到今天还是对的。

今天我就给大家讲讲莺鹧鸪是怎么迷路的故事。

在越南北部的一个城市的市郊，有一个地方，那儿的田园和村落都十分美丽，这个小村庄很小，你将跟着我一同到这个村庄游玩一番。村里的每个园子里，都长着茂盛的黄皮树，每到黄皮果成熟的季节，满树都会沉甸甸地挂着金黄色的黄皮果。还有高大的苦楝树，开着美丽的紫色小花。园子外头是玫瑰花围起来的篱笆，花开的时候，即使站在远处也能看到篱笆上十分艳丽，仿佛有上百个穿着红色衣服的小人站在那儿。远处，平坦的田园连着一片静谧的水泽，使村庄和园子更添一丝寂寥。鸟群和孩子们常常沉迷在这片美丽的田野里。

这片幽静的乐土并不是全年都是这副喜洋洋的景色，因为一年有四季，有些季节十分可爱，有些季节则不那么讨人喜欢，比如寒冬来临的时候。小孩子们怕冷，着木屐待在家里穿，眼巴巴地望着门外。看不到树，也看不到田野，只能看到霭霭的霜雾，只能听到滴滴答答的雨声。刺骨的冷风飕飕地吹来，吹得鼻子都红了，手也僵了，两排牙齿止不住地上下打架。寒冷使得人们更加盼望春天的到来。

更无聊的是到了寒冷的冬天，这些孩子们亲切的朋友——小鸟们，都不敢再悠然地在这个园子里玩耍了。一到刮起东北风、阴雨连绵的时候，只穿一层衣服的候鸟们都得飞到更温暖的地方去避寒，这已经成了惯例。冬天一到，鸟儿们全都飞走了，就只剩下小孩儿一个人，因此，冬天是令小孩难过的季节，她期盼着春天赶快回来。

小孩儿常常掰着手指头计算离春天还有多远，这么掐指算似乎日子更长了。但只要不去想它，日子又会过得很快，小孩儿得出了这么一个结论。


很快，盼望许久的春天终于来了。

园子里，玫瑰花香日渐浓郁起来，空气中虽然还有一些寒冷、潮湿，但园子里现在充满了阳光和芳香。黄皮树已经褪去了旧衣，取而代之的是枝头新长出来的点点绿叶。枯瘦的苦楝树也正努力抽芽，枝头开始冒出了明亮的、淡紫色的花簇。外面，玫瑰花篱笆已经长出了花骨朵儿，村里的许多小伙伴早已等待着采摘这些红玫瑰回去赏玩。

花红柳绿的春天已经回来了，但是为什么鸟儿们还没回来呢？

唉，今年春天有太多奇怪的事情发生了，小孩儿从来没有见过。

往常只要有寒风吹过，眼前的田野上就会覆盖上霭霭的白霜。今年冬天一过，田野里的霜就消散了。小孩儿看到了几个火红的烟囱，上午，烟囱争相向天空中吐出烟气。小孩儿问了问父亲，父亲说那是工厂的烟囱。工厂是什么？小孩儿还是不明白。

田野的尽头，再也看不到像往常一样灰绿色的竹丛了，黄澄澄的墙壁渐渐地砌起来。父亲告诉小孩儿，那是水电站厂房的墙壁。小孩儿也不明白什么是水电站。

　　后来，电线像吊床一样纵横交错地从田野上方架过，一些胆小的文鸟常常会在匆忙中撞到铁丝，一些鸟儿以为这是罗网，就慌里慌张地向上飞。奇怪的事情还没完。

　　有一天，远处多了两根长长的铁轨，笔直地从村头经过。从那天起，每天都有一趟趟火车大张旗鼓地拉着几十上百节车厢来来往往。火车一边行驶一边大声地鸣笛，还呼哧呼哧地排放着烟雾。火车上的乘客非常多，每节车厢顶上还运输了竹子、木材、机器、稻谷、玉米、水牛、黄牛、马等等。

　　一列列车厢欢乐地连接在一起，不知道要开向哪里。有时候列车已经开远了，但是火车的汽笛声、排出的烟气和火车上人们的歌声仍然在村庄附近徘徊。小孩儿看到后紧张得仿佛自己正坐在火车上向远方飞驰。

　　父亲告诉小孩儿："在咱们国家的北方，现在到处都在建设工厂，等什么时候你长大了，就可以去外面游历一番了。"

听了父亲的话，小孩儿欢喜极了。

小孩儿期盼着小鸟儿们回来，把这些事情说给他们听。

温暖的春天来了，一些鸟儿已经回来了，小孩儿高兴极了。希望朋友们这次回来可以看到家乡田野上的许多新变化。

远处，鸟叫声婉转、动听，小孩儿的朋友们已经回到了洒满金黄色阳光的园子里了。

春天来了，春天真的来了！每天不知有多少鸟儿在天空中飞翔，然后停落在树梢上，矫健敏捷地忙里忙外，有的筑巢，有的织造。

小孩儿不仅听到了天空中的鸟叫声，甚至还听到了小草抽芽的声音，小孩儿穿着木屐，迫不及待地跑到园子里抬头看看树梢。

在小孩儿的朋友之中，最亲密的当属莺鹩鹤了。小孩儿站在那儿等待着莺鹩鹤。

小孩儿和蝴蝶打过了招呼，和戴胜鸟、白颈八哥、鹊鹩、鹪、鹭鸶都打过了招呼。太多鸟儿回来了，从四面八方飞来，数都数不清。

但还是没有看到莺鹩鹤，也没看到细高挑儿的丹顶鹤来在滩涂上觅食。

小孩儿等莺鹩鹤等得心急，她的盼望是真切的，这点大家都已经知道了。莺鹩鹤是小孩儿亲密的朋友，他单薄、瘦小而且乖巧，就像小孩儿一样。

莺鹩鹤是世界上最美丽的鸟儿。他的两条腿像两根牙签一样细，但是却十分灵活，常常在地上连续跳跃。他的两只翅膀很小，但扇得很快。莺鹩鹤的嘴只有两颗稻谷那么大，但却能快速地撷取叶子上的三叶虫，他最擅长刨出那些藏在病树树干里的三叶虫。莺鹩鹤勤劳地消灭了那些破坏庄稼和树木的三叶虫、白蚁，他是劳动人民的好朋友。

莺鹩鹤早就和小孩儿的母亲、姐姐还有小孩儿约定好会早点回来消灭田里的三叶虫。每天放学后，小孩儿都会怔怔地跟着母亲、姐姐来到菜园里。初春的日子里在田野里玩耍是非常快乐的，还能给大人帮上一些忙。空中有鸟儿、蝴蝶在飞，就连那些顽皮的小狗也急急忙忙跟着主人来到地里，对着树丛狂吠。

小孩儿跟着大人去干活，一会儿拾草，一会儿培土、捉三叶虫，一会儿又去玩耍了。

对了，莺鹟鹟和小孩儿约定好要在初春赶快回来，但是现在还没看到莺鹟鹟的身影。

小孩儿凝望着远处，有一只蝴蝶飞来，小孩儿问：

"蝴蝶啊！你在哪儿遇到过莺鹟鹟吗？"

蝴蝶天生多嘴，他冒失地说：

"莺鹟鹟吗？他估计已经死了，之前我一直奋力飞才逃脱了一阵大风，你看，我的翅膀都被吹破了。"

"那莺鹟鹟怎么样了？"

"被风暴卷走了！还能怎么样！"

一群鹊鹊飞了过来，小孩儿又问：

"鹊鹊，鹊鹊！你们看到莺鹟鹟回来了吗？"

鹊鹊贫嘴薄舌地数落着：

"哎哟喂！你不知道现在地面上有多狼藉啊，到处都是灰蒙蒙的，巨大的树枝就这么被卷上了天，太吓人了，要是撞上了那些树枝就粉身碎骨了。我们很害怕，只能高高地飞在半空中，魂都要被吓丢了！"

"我是问莺鹟鹟呢，你有遇到他吗？"

"莺鹟鹟只会在低空飞行，不像我们会往高处飞，可能已经死啦！"

小孩儿又看到鹭鸶正扑扇着翅膀缓缓飞过，他斜眼看了湖面一眼，就往田野的尽头飞去了。

小孩儿叫住他：

"鹭鸶啊鹭鸶！"

"什么事？"

"你有看到莺鹟鹟在湖边吗？"

"天哪，你知道吗？现在每到晚上整个地面都是一片绯红，我连一条鱼都没有捉到。你看看我，我得飞得很高，但这边翅膀的羽毛还是被烫卷了！"

小孩儿摇摇头表示不明白。这些地方都发生了什么，怎么听起来那么恐怖？

小孩儿很失落，每个人都在说那些危险，可能莺鹩鹩真的半路出意外了。今年飞回这儿的路太艰险了，就连那些住在水泽边的高大的丹顶鹤也没见回来。莺鹩鹩那么瘦小，他要怎么越过这条路上的重重艰险呢？

她想要打听更多的消息，但是没有哪只鸟路过这里了。


春天变得越来越美了，灿烂温暖的阳光照得人们脸上红扑扑的。很多鸟儿已经在衔泥筑巢了，到处都能听到叽叽喳喳的叫声。

一天清晨，小孩儿刚刚睡醒，家里还静悄悄的，奶奶刚刚把炉火点燃。家里的鸡醒得很早，正在后面的园子里吵吵闹闹地聊天呢！清晨的阳光从窗口洒进来，叫醒了小孩儿，照得她睁不开眼睛。迷迷糊糊中，小孩儿分不清眼前晃荡的是阳光还是树叶的影子，因为她还没抬眼看，还没看到有一只矮小的鸟儿刚停落在竹子枝头，使得窗户上的阳光、树影都摇晃了起来。

小孩儿听到了鸟叫声：

"叽叽喳喳！小孩儿呀！"

哦，好熟悉的声音，小孩儿抬起头，突然，莺鹡鹩飞到了窗槛上，天哪，是莺鹡鹩！

小孩儿赌气地问：

"你怎么现在才回来？"

"天哪，那是因为我带了一大堆故事回来呢。"

小孩儿笑了。

只因为对莺鹡鹩的思念远远多于责怪，小孩儿的不快也已经差不多消散了。她翻过床头，一边笑着一边抓着莺鹡鹩给她讲故事。

莺鹡鹩停在窗槛上，把那些在路上遇到的事向小孩儿娓娓道来。

事实上，莺鹡鹩是迷路了，他飞了很远，遇到了一大堆麻烦。

冬天刚刚过去，莺鹡鹩像以往的每个冬天一样，飞到了温暖、人烟稠密的地方过冬，那条路每年都飞，莺鹡鹩早就轻车熟路了。这不，先飞过沉寂的田野，然后到一片青一块黄一块的树林，飞过布满红土地的山脉，然后又是一片田野，在那儿的湖边稍作休息，等到体力恢复了就一口气飞过一片湖泊。这么一来就差不多到达那个人烟稠密的村庄了。

麻烦事就发生在返程的路上，来到那片湖泊的时候。

莺鹡鹩看到春天已经吹来温暖的空气，带来明媚的阳光时，他想起了朋友叮嘱的话和小孩儿的约定，于是就开始往回飞了。春日的早晨，大地美得像幅画。莺鹡鹩一边飞一边向下看，欣赏着田野、村庄、森林的美景，全然忘了飞行的疲惫。

莺鹡鹩向前飞着，看到了湖泊上反射的太阳光，心想："啊，到了每年都会经过的水泽了！"

然而，越飞近了才发现，下方的水面白茫茫的一片，这片湖太大了，和往年经过的湖泊有些不同。难道迷路了？但是每年都经过这里，莺鹡鹩迟疑了，因为湖泊确实和往年有一些不同。

往常，站在这儿就能看到湖那头的青草在风中轻轻拂动，而现在只能看到模模糊糊的一片绿。莺鹩鹩的翅膀那么短，从这儿估计只飞到一半就会体力不支一头栽进湖里了，现在要怎么办呢？

随后莺鹩鹩想到了一个好办法，他决定沿着湖边飞过去。但是谁能想到越飞越远呢？已经休息了好几次了，但眼前仍然是这片苍茫、绵延的水域。

他一直沿着湖边飞，直到下午，田野和湖泊仍然一片沉寂，什么也没说。

一路也没有遇到谁可以问路，莺鹩鹩感到很迷茫。他冷静下来，想起湖边的芦苇荡里常常住着乌鹈，乌鹈从来不迁徙过冬，得找到他们问路才行。

这么想着，莺鹩鹩赶忙向下飞，钻进了一丛芦苇里，遇到了乌鹈，她正晃晃荡荡地在水面照镜子。

"乌鹈大姐，请问往常一直在这儿的水泽哪儿去了？"

"就是这片水域呀。"

"前段时间我从这儿飞过还没看到那么多水呢。"

"以前和现在，时过境迁啦。上个月这儿还是一片草甸子呢，现在我都能站在家门口照镜子了。村里的人建造了一条连到河里的垄沟，从河里引水。沟渠把水引进来，湖水上涨，湖面就变得这么宽了。这样一来，每年都能引水到田里种两到三季稻子了。"

"啊，原来是这样！这样一来我要飞过这儿可就难了。"

"你想飞哪条路线？"

"我要去那边。"

"再飞一段路就能看到一条垄沟，在那儿能看到太阳，向着太阳的方向飞就可以到达湖那头啦。"

莺鹩鹩赶紧上路了。

他忘了从早上起就已经飞离了昨天前进的方向。现在太阳已经升到了山顶。

莺鹩鹩已经飞过山岗很远了，他看到眼前有好几个烟囱，以为是以往矗立在村里田边的烟囱，高兴极了。

然而飞近了才发现不是，他这才看到田野里有上百个火红的烟囱，不像村里只有几个。这些烟囱后面，有数不清的黄色墙壁、红色屋顶，里面全是人，还有机器。莺鹪鹩只习惯了处在空荡、静谧的环境里，现在看到这些光怪陆离的景象，两只小小的眼睛都看花了。从前"迷路的鹪鹩"迷茫得找不到出路，现在鹪鹩在工厂上方迷路了，不知道要往哪儿飞！这句调侃鹪鹩的话到今天还是对的。

这些高大刺眼的黄色墙壁，使鹪鹩越飞越眼花缭乱。这些屋顶已经够高了，上面还突兀地冒出很多起重机像古树枝般的吊臂。没有什么风暴，但起重机还是挥舞着，吊起砖头、瓦片和地上的各种东西去建造房屋，一排排的房屋，到处都是人，到处都是机器和运输机器的汽车。迷路的莺鹪鹩看得头晕眼花，他以为现在地面上已经没有黑夜了，以为耀眼的电灯已经把黑夜驱散了。要是连树、花草都没有了，那他可就受不了，这使得他更加忧愁了。

但莺鹪鹩还是心存侥幸，他想："或许麻雀可以帮助我度过这个困难。"他想起麻雀历来都是在草屋、瓦房附近生活、聚集、筑巢的。

他跳跃着，轻轻地飞，一路上留心、谛听。过了一会儿，隐隐约约听到"啾啾……啾啾……"的声音，显然就是熟悉的麻雀打闹的声音。莺鹪鹩喜出望外，探身进入一个墙缝里。在墙角的影子下，三四只麻雀正站在那儿梳理羽毛、嬉戏打闹、谈天说地。麻雀的性格很开朗。

莺鹪鹩发话道：

"请你们帮帮忙给我指一下路呀，这片湖泊的另一头，有田野的村庄就是我的家乡，我要飞到那儿去。"

"这可不是件易事，我们帮不了你哦。"

"为什么？"

"你正站在十家连着的工厂之中，糖厂、造纸厂、橡胶厂、搪瓷厂、稻谷加工厂、电厂等等，我们都还没记全这些工厂的名字，怎么帮你指路呢？"

"那现在该怎么办？"

一只麻雀说：

"莺鹪鹩啊！我可以带你走一段路。"

"然后我就得一个人走了是吗？"

"别担心，我们家族别的伙伴会继续带你往前走。"

"真是太好了！"

莺鹪鹩壮着胆跟着一只有见地的麻雀出发了。这只麻雀说得对，没有哪只麻雀可以记熟穿过这些工厂的路。

莺鹪鹩只能像学飞的小鸟一样跟在麻雀身后，他就像一颗球，在麻雀们之中传来传去。算起来大概有将近十只麻雀轮班领着他这么一段一段路地飞，但还是没有飞出厂区，还得在半路上过夜。

工厂里的黑夜明晃晃的，就像白天一样。说是睡觉，但是四处的电灯都闪耀着光，莺鹪鹩根本没法入睡。但是他能够看到这些新奇的东西，看着人们一边干活一边歌唱，也是一件趣事。

莺鹪鹩接着对小孩儿说：

"最后，一只麻雀带着我飞过了工厂，然后我就看到地面上有一个长不见尾的楼梯直直地架在田野上。啊，那儿就是绿油油的田野了。麻雀说：'你就沿着这个梯子飞，它穿过很多片田野，一定可以通向你家乡的田野。'我谢过最后一个给我带路的麻雀大哥，一直沿着那条很长又很新奇的梯子向前飞。过了一会儿，我认出了熟悉的几个山头，再继续飞就回到村头了。哎，回到村头还差点迷路了呢，去年田野里哪里有那么多烟囱和那么多高墙啊。"

莺鹪鹩讲的故事到这里就结束了，他又有所顾虑地问小孩儿：

"奇了怪了，前段时间我还没看到村头有这么个长长的梯子啊。"

小孩儿笑得前仰后合，过了好一会儿才说得出话：

"傻瓜！那是梯子吗？"

"不是梯子那是什么？"

"那是火车的铁轨啊！"

144

小孩儿还向莺鹤鹩夸耀她已经见识过工厂的面目了，因为那些工厂和电灯，村里也已经有了。然后她就给莺鹤鹩解释起来，就像父亲给自己解释的那样。从火车在铁轨上跑，到城市、村庄生产各种商品、机器的工厂，再到人来人往的集市。原来铁轨和火车是这样的，莺鹤鹩也前仰后合地笑起来。他已经知道了什么是铁轨和火车，但是他还是和小孩儿争论起来：

"那它还不是给火车爬的梯子嘛！"

"嗯，那就是梯子吧！"

然后两个好朋友就和好如初，不再争吵了。

那年的春天还有很多绣眼鸟、椋鸟也迷路了，他们也像莺鹤鹩一样感到既焦虑又有趣。他们最终也都能回到家乡，每个人都讲述自己飞过那个涨满了水的湖泊，一些运河的堤坝，还有一些从没见过的巍峨的工厂。后来所有的鸟儿都回到了园子里和田野上，每个人都笑逐颜开。蝴蝶和鹊鹩总是尽量避开莺鹤鹩，很少到园子里来。他们一定是感到害臊了，至于他们为什么害臊，我们都已经知道了。

水泽边上，唯独高挑儿个子的丹顶鹤还迟迟没有回来。

小孩儿人虽小，但是心思细腻，总想问清楚整件事，为什么他们说的故事都不一样呢？

有一天，小孩儿看到了蝴蝶，蝴蝶赶忙打圈子飞，想要溜走。她追上去：

"蝴蝶，你看到莺鹤鹩回来了吗？"

蝴蝶岔开话题：

"莺鹤鹩真厉害！"

然后他又打了个圈飞走了，小孩儿笑了，没有再追上去调侃这个已经知道害臊的家伙。

小孩儿遇到了鹊鹩：

"为什么你告诉我莺鹤鹩已经死了呢？"

鹊鹩耍起贫嘴来：

"我飞得那么高还被吓得头晕目眩！也不知道地面上是什么恐怖的东西在挥舞着。"

"工地、工厂……起重机的吊臂向天上举，把建造房子的材料抬上去。莺鹡鹞飞过的时候已经全都看见了。"

"那莺鹡鹞可真厉害！"

一天下午，小孩儿遇到鹭鸶从草滩上飞过，她叫住鹭鸶：

"你看到莺鹡鹞了吗？"

鹭鸶困窘地说：

"说实话，那天我也没有看到莺鹡鹞，只是在夜里从空中飞过时看到地面上红彤彤的一片，心想，谁还能在这么个大火炉里生活？"

"那不是火炉，那是工地在通宵干活，莺鹡鹞回来的路上已经飞过了所有工厂了。"

"那莺鹡鹞可真厉害！"

小孩儿回到家里把鸟儿们害臊的事说给了奶奶听，奶奶说：

"胆小鬼是成不了大事的。"


到了第二年冬天。

和往年不同，今年的冬天什么时候到的，没人知道，只知道清清楚楚地听到了天空中呼呼的风声，要是鸟儿飞到高空中肯定会被风吹断翅膀。有几个早晨都出现了霭霭的霜雾，四下里什么都看不清楚，但是天还没有很冷。

往常出现这样的景象就已经很冷了，现在瘦小的莺鹡鹞只穿了一件单衣也能像平时一样活蹦乱跳。小孩儿还没看到莺鹡鹞像往年一样去过冬。

他对莺鹡鹞说：

"去过冬要当心点哦，别再迷路了。"

莺鹡鹞笑起来：

"今年我不去过冬啦。"

"为啥?"

莺鹤鹩笑了笑说:

"你到这儿来看。"

他带着小孩儿来到了村头高高的堤坝上,可以看到田野的全貌。远处,一列列火车行驶着,载运着砖头、木材、机器和建筑工人们,几十节车厢轰隆轰隆地一边飞驰,一边吐着烟气,在莺鹤鹩所说的长不见尾的"梯子"上歌唱。田野上冒出了一层接一层、一排连一排的屋顶、高墙和高楼,挡住了远处的水泽,挡住了碧绿的树丛。

小孩儿明白了:高空中风声呼呼,但是地面上是温暖的,建起的高楼早已把冷风挡住了。莺鹤鹩说:

"工厂、工地已经建在我们家乡的田野中间,把寒冷都驱散了,我不需要再去过冬避寒啦。"

小孩儿笑起来:

"嗯,建了那么多工厂,要是你去过冬又该迷路了。"

"换成是你你也会迷路的!"

小孩儿说:

"我想迷路一回,去见识一下各个地方。"

两个好朋友一起哈哈大笑起来。

大家都知道住在水泽边上的丹顶鹤还没回来,而又一年冬天过去了……

丹顶鹤的腿和翅膀都很长,飞个上千里都不觉得累。每年他们都飞到很远的地方过冬,一直飞到南方去,因为越南的南方从来没有冬天。

现在越南的北部正遭受着美帝国的炸弹袭击,不知道丹顶鹤飞到南方过冬有没有遇到什么意外,怎么到现在都还没回来?

# 春天来了

又要讲小马驹的故事了，但不是森林那头的小马驹和盘贵，这只小马驹是住在榭索山顶的阿擎家的小马驹。

在榭索山上只有梯田，山下的傣村人把一片种水田的谷地让给了山上的苗族人，所以阿擎的父母和姐姐都到逢广去种地了。

爷爷在家打理家事，留在家里的还有阿擎和瘦小的小马驹。

母马也到逢广的田里干活去了，小马驹想念母亲吗？阿擎想：唉，这只小马驹肯定是不敢跟着母亲下山去田里，要是我想念妈妈肯定马上就走了。唉，我好想妈妈啊！等哪天天气好点儿，我要到田里去找妈妈玩。

阿擎很疼爱小马驹，小马驹整天都只是摆摆尾巴，甩甩耳朵，津津有味地嚼着青草。那些草也是爷爷割好带回来给他的，这家伙又懒又胆小，整天只知道吃。

阿擎问小马驹：

"你想妈妈吗？"

"想。"

"那你为什么不跟着妈妈去田里？"

148

"爷爷说让我待在家里。"

"待在家里? 待在家里然后让爷爷每天都去给你割青草吗? "

阿擎问爷爷:

"爷爷, 是你让小马驹待在家里的吗? "

"嗯。"

"他待在家里的话您还得辛辛苦苦地去割草喂他。"

爷爷解释道:

"我喂他吃多点草, 好让他的腱鞘刚劲有力, 这样他就能早点帮着干农活, 早日能够驮运货品到集市上去卖啦。"

阿擎听明白了, 但心里还是感到愤愤不平, 生气地看着整天只待在一个地方从容吃草的小马驹。

但是这附近没有人可以一起玩, 阿擎最终还是得和小马驹一起玩耍。

阿擎又问:

"你想妈妈吗? "

小马驹顽皮地反问阿擎:

"你想去逢广吗? 心急如焚了吧? "

阿擎向外看去, 下面就是逢广那片长着稻谷的田地了, 但是那整个月都笼罩着霭霭的雾气, 什么都看不见。

阿擎说:

"这么大的雾, 逢广肯定在下雨了。"

小马驹甩了甩耳朵说:

"明天肯定是大晴天。"

"你怎么知道? "

小马驹侧过两个尖尖的耳朵, 说道:

"我听到下边在刮风, 风把雾气都吹散了, 明天就是大晴天了。"

阿擎不相信小马驹还能听到那么远的声音。

他又去问爷爷：

"爷爷！小马驹还能听到下面谷地上的声音啊？"

"能，他听得可远了。"

阿擎又发现了一件既新奇，又值得犹疑的事情。马的耳朵可以来回摆动（比人的没法摆动的耳朵强多了），还能听得很远，自己的耳朵硬撅撅的，动都不能动。

爷爷说：

"马听得可远了，隔着几座山以外的鸟叫声他也能听得一清二楚。小马驹说得对，明天是大晴天，我同意你去逢广了。"

阿擎说：

"可我不认路。"

爷爷说：

"让小马驹带你去。"

阿擎笑了：

"小马驹从来没有去过逢广呀。"

站在院子外的小马驹抬起眼说：

"我知道，我认得路，我可以跟着我妈妈走。"

阿擎吃惊地说：

"你妈妈不是上个月就去逢广了吗？"

"我可以跟着她的气息走。"

又是一件让阿擎感到惊讶的事。

第二天，小马驹驮了一袋玉米，阿擎背了一袋西葫芦种子，好让父母在夏天种上西葫芦。离开家的时候，雾气还很浓重。

阿擎说：

"雾气还很重，不知道往哪儿走。"

小马驹问：

"听到鸟叫声了吗?"

阿挚竖起耳朵聆听,雾气中一片静谧,一点儿声音都没有,他什么都没有听到。但是爷爷告诉过他,小马驹可以听到鸟叫声、风声,可以闻着母亲的气息一直跟到那边那座山。

然后小马驹说:

"喏,画眉鸟正在山的那边唱歌呢!那边天气晴朗,所以鸟儿们才会歌唱。"

云雾还在山间翻滚着,果然,又走了一会儿,眼前的云雾就散去了,往山下看,可以看到山脚下连绵不绝的田野,水面波光粼粼地反射着太阳光。

山路崎岖,看着目的地就在眼前,可是走了半天都还没有走到。

中午,阿挚和小马驹趟过小溪后就在溪边的一块石头边上休息。阿挚打开了一包玉米饼,又把小马驹背上的一箩筐草搬下来。小马驹悠闲地站着吃草,阿挚笑道:

"天气晴朗,吃饱了容易打瞌睡哦。"

小马驹说:

"行啊,那就睡吧,再过一会儿就到了。"

阿挚不再多问,从出发到现在,小马驹矫健地走着,阿挚被他自信的快乐所感染了。可阿挚还是有些困惑:为什么小马驹只需要循着母亲的气息就可以走那么远呢? 他问小马驹,小马驹说:

"我感觉到我妈妈似乎刚刚走过这里,你感觉到了吗?"

"没有……"

阿挚依偎在石头上,迷迷糊糊地睡着了。一会儿他看到小马驹还是在旁边站着。

小马驹不睡觉,阿挚抬起身问他:

"不躺一会儿吗?"

小马驹突然睁开眼说:

"哟，吓我一大跳，我这不正睡着的嘛！"

阿擎没听明白，他接着说：

"马从来都是站着睡觉的吗？"

"嗯，我们晚上都是站着睡觉。"

小马驹眯缝着眼，继续睡了。

阿擎躺着想了好一会儿才合眼。

"唉，马站着睡，这个站着睡的技能也比我强。"

太阳刚刚落山，阿擎和小马驹就来到了田边的家里。阿擎的父母、姐姐都跑出来迎接他们，母马走到小马驹身旁舔了舔他的背，亲昵、疼爱极了。

在山下待了几天，母亲对阿擎说：

"你回去和爷爷待到腊月，到时候我们全家就都回榭索山过年了。"

阿擎和小马驹又姗姗上路回去了。小马驹背上背着一篮子汤团，是带回去送给爷爷的。

两个小伙伴又经过了前几天那条小溪。

　　小马驹突然停下来，抬头看着前方，两个黑黢黢的鼻孔一收一放的，似乎在打探着什么。

　　阿擎说：

　　"怎么了？"

　　小马驹回答：

　　"我闻到了桂花香，隐隐约约还夹杂着桃花的香气。"

　　"这附近有花园吗？"

　　"没有，这花香是从榭索山上飘下来的，过年前后是榭索山上花开的季节嘛。"

　　正如小马驹所说，他们来到了山林边上，放眼望去漫山遍野都是一簇簇红的、白的花朵，淡黄色的桂花、绯红的桃花，是春天来了。

　　现在，阿擎更加佩服小马驹的耳朵和鼻子了。

153

## 图书在版编目（CIP）数据

苏怀童话作品集 /（越）苏怀著；谢辉龙绘；林漪娜译.
—— 北京：团结出版社，2018.11
ISBN 978-7-5126-6707-5

Ⅰ.①苏… Ⅱ.①苏… ②谢… ③林… Ⅲ.①童话－作品集－越南－现代 Ⅳ.
①I333.88

中国版本图书馆CIP数据核字(2018)第238562号

**出版：** 团结出版社

（北京市东城区东皇城根南街84号 邮编：100006）

**电话：** （010）65228880 65244790 （传真）

**网址：** www.tjpress.com

**Email：** 65244790@163.com

**经销** 全国新华书店

**印刷** 河北盛世彩捷印刷有限公司

---

**开本** 180×250 1/16

**印张** 17

**字数** 196千字

**版次** 2019年6月 第1版

---

**书号：** 978-7-5126-6707-5

**定价：** 120.00元（全二册）